U0066541

瑞蘭國際

瑞蘭國際

我的第二堂法語課

中級法語 Français Niveau Intermédiaire

Mandy HSIEH
Christophe LEMIEUX-BOUDON 著

法式邏輯訓練！

　　學生常常問我：「為什麼法語有這麼多文法的東西？什麼時候可以用得到？講話不就是把單字湊在一起，聽者大概知道意思就好了嗎？」的確，如果不要求精確地將意思傳達出去的話，只要將單字或動詞丟給聽眾，讓他們自己去想像就可以，但是如此一來，語言就失去了它的精髓，無法隨心所欲地讓想法清晰地在人與人之間流傳。

　　語言是一種基於將想法準確地傳達出去而延伸出來的文化產物，代表的不單單是一個國家或是民族，而是這群人的一套思考模式與邏輯的表現。認真學習某個語言的過程中，一定會碰到一些瓶頸，不見得因為自己不夠努力，有時候只是找不到打通任督二脈的關鍵技巧。關鍵性障礙通常在於對所學習語言的邏輯性摸不著頭緒，以至於無法活用。所以在學習一種新語言的過程，其實就是在學習另一種思考模式，另一套邏輯架構，也就是訓練自己另類思考的一種方式。

　　這本書繼《第一堂法語課》後推出，著重在進階文法的邏輯解析，希望以清楚呈現法語的建構模式，讓讀者也能夠有個類似法國人的腦子，產出美麗的法語。全書分三大部分，第一部分為「進階文法篇」：每個章節除了概念的解釋與句子應用之外，還附上「閒話家常」，讓讀者明白在那些日常生活的情況下可以派上用場。第二部分為「情境篇」：將六大主題分別以不同的情境氣氛與完整對話呈現，讓讀

者有身歷其境的感受，配合實用例句，相信讀者能夠更容易地舉一反三。最後，第三部分的「簡報篇」，不單單用於發表簡報，同時帶出法國人在日常生活裡表達意見時慣用的模式，有助讀者在使用法語時可以清楚有系統地陳述。此外，三篇「流行法語」的介紹，希望提供學習法語的讀者當下的時尚用語，避免脫節，並且一窺法語輕鬆、時髦、充滿想像力的面向。

親愛的讀者，如果您正在翻閱整本書，相信您已經學了法語一陣子，但是總覺得無法突破，所以您希望尋找一本可以幫您解惑的法語書，提升自己的法語程度。而這本書，就是依據我們的教學經驗，將非初學者學生時常遭遇的困難集結，以盡量簡單清晰的方式解釋。而其目的，就是希望將讀者的瓶頸一一突破，最後打通學習法語的任督二脈！

準備好了嗎？讓我們一起翻開這本書，一步步地解析法國人的思維，訓練自己的法式邏輯吧！

如何使用本書

> Unité 1　Grammaire avancée　進階文法篇
> ・掌握9大進階文法，就是掌握聽、說、讀、寫能力！

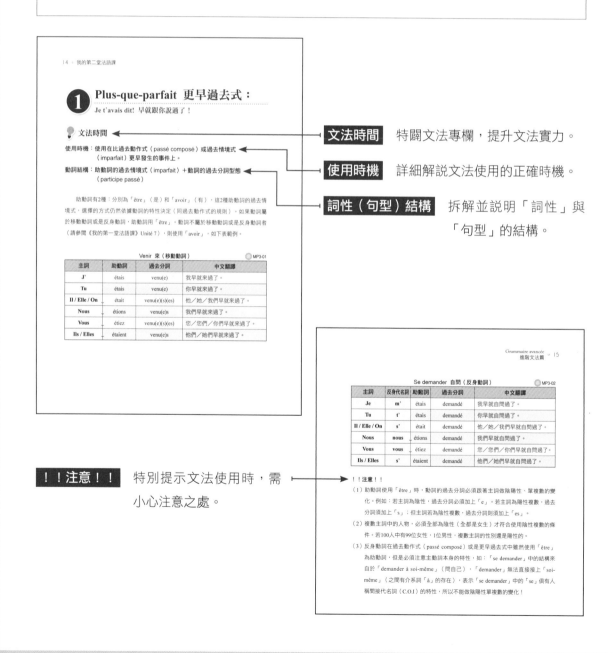

文法時間　特闢文法專欄，提升文法實力。

使用時機　詳細解說文法使用的正確時機。

詞性（句型）結構　拆解並說明「詞性」與「句型」的結構。

！！注意！！　特別提示文法使用時，需小心注意之處。

Grammaire avancée ● 17
進階文法篇

💡 **Comment dit-on en français? 法語怎麼說？** ◉MP3-05 ◀── 法語怎麼說　利用文法、句型，反覆做例句練習。

1. Je t'avais dit!
　我早就跟你說過了！

2. Il avait eu l'opportunité de sortir avec elle, mais il a laissé passer sa chance.
　他本來有一個可以跟她出去的機會，但是他讓機會白白溜走了。

3. Nous nous_étions rencontrés pour la première fois en France, 3_ans après nous nous sommes revus à Taiwan.
　我們第一次在法國相遇，3年後我們又在臺灣遇見了。

4. Maman nous_avait prévenu de ne pas manger trop de bonbons.
　媽媽跟我們說過不能吃太多的糖果。

5. Ce qu'il a proposé nous_y_avions pensé.
　他的提議我們早就想過了。

6. Ça s'est passé exactement comme j'avais imaginé.
　事情就像我之前想的那樣發生。

7. On ne savait pas qu'elle avait vécu en Espagne.
　我們不知道她之前在西班牙住過。

8. Ses parents avaient déjà appris cette nouvelle avant d'être informés.
　早在被通知之前，他的父母就知道這個消息了。

18 ● 我的第二堂法語課

💡 **Conversation 閒話家常** ◉MP3-(x)

Ahhhhhh...
啊……

Pourquoi tu cries? Qu'est-ce qu'il se passe?
妳為什麼大叫？發生什麼事了？

Regarde, il_y_a un_énorme cafard là-bas! tu le vois?
你看，那裡有一隻超大的蟑螂！你看到它了嗎？

Oui, oui, oui, calme-toi! ... "Paf!" ça y est! Je l'ai tué!
有，有，有，妳冷靜點！……「啪！」好了，我殺了它了！
Merci qui?
謝謝誰啊？

Merci, mon héros!
謝謝，我的英雄！

Heureusement que je suis là, sinon comment tu aurais fait?
還好有我在，不然你要怎麼辦？

Oui, Mais je t'avais dit de nettoyer les miettes ce matin, pourquoi tu ne l'as pas fait?
是啊，不過我今天早上就已經跟你說過要把麵包屑清一清，為什麼你沒做呢？

Excuse-moi, mais j'étais á la bourre...
對不起，不過我當時快來不及了……

閒話家常　利用所學例句，加強會話練習。

Unité 2　Situation　**情境篇**

・透過6大情境對話，掌握會話主題，強化口説能力！

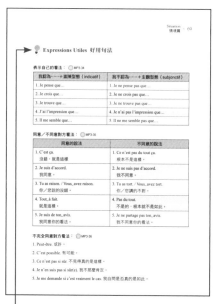

情境　透過情境對話，掌握談話主題。　　**好用句法**　透過對話內容，加強句型練習。

Unité 3　Faire un exposé　**簡報篇**

・先了解口試程序，接著加強口試內容表達！

如何做口頭簡報　特別整理口試應試要點。

實用句法　依口試發表順序整理句法。

Le langage des jeunes　流行法語

‧ 輕鬆學習法國年輕人常用的逆轉詞與火星文！

Annexe　附錄

‧ 以詳盡以懂的表格説明動詞變化特性，
　掌握動詞變化規則！

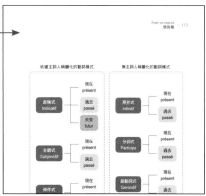

如何掃描 QR Code 下載音檔

1. 以手機內建的相機或是掃描 QR Code 的 App 掃描封面的 QR Code。
2. 點選「雲端硬碟」的連結之後，進入音檔清單畫面，接著點選畫面右上角的「三個點」。
3. 點選「新增至『已加星號』專區」一欄，星星即會變成黃色或黑色，代表加入成功。
4. 開啟電腦，打開您的「雲端硬碟」網頁，點選左側欄位的「已加星號」。
5. 選擇該音檔資料夾，點滑鼠右鍵，選擇「下載」，即可將音檔存入電腦。

目次

Unité 1　Grammaire niveau intermédiaire
中級法語文法篇　　　　　012

Unité 2　Situation 情境篇 　　　　　　064

Unité 1

Grammaire niveau intermédiaire

中級法語文法篇

❶ Plus-que-parfait 更早過去式：

Je t'avais dit! 早就跟你說過了！

❷ Futur antérieur 先發生未來式：

Tu viendras me voir quand j'aurai déménagé. 我搬好了你再來看我。

❸ Conditionnel passé 過去條件式：

J'aurais aimé passer plus de temps avec toi. 我真希望以前有多花時間跟你相處。

❹ Discours indirect 轉述句法：

Il m'a dit que tu allais venir. 他跟我說你會來。

❺ Gérondif 副動詞：

La femme cuisine en chantant. 那個女人邊煮飯邊唱歌。

❻ La forme passive 被動式：

Ce gâteau a été fait par ma mère. 這蛋糕是我媽媽做的。

❼ Les pronoms relatifs composés 複合關係代名詞：

La société pour laquelle il travaille est à Paris. 他工作的公司在巴黎。

❽ Les hypothèses 假設語氣：

Si j'avais su, je ne lui aurais pas proposé de venir. 如果我早知道，就不會讓他來了。

❾ Les indéfinis 泛指詞：

J'ai quelques amis proches. 我有幾個很好的朋友。

Plus-que-parfait 更早過去式：

Je t'avais dit... 早就跟你說過……

文法時間

使用時機：使用在比過去動作式（passé composé）或過去情境式
（imparfait）更早發生的事件上。

動詞結構：助動詞的過去情境式（imparfait）＋動詞的過去分詞型態
（participe passé）

　　助動詞有2種：分別為「être」（是）和「avoir」（有），這2種助動詞的過去情境式，選擇的方式仍然依據動詞的特性決定（同過去動作式的規則）。如果動詞屬於移動動詞或是反身動詞，助動詞用「être」。動詞不屬於移動動詞或是反身動詞者（請參閱《我的第一堂法語課》Unité 7），則使用「avoir」，如下表範例。

Venir 來（移動動詞）　MP3-01

主詞	助動詞	過去分詞	中文翻譯
J'	étais	venu(e)	我之前來過……
Tu	étais	venu(e)	你之前來過……
Il / Elle / On	était	venu(e)(s)(es)	他／她／我們之前來過……
Nous	étions	venu(e)s	我們之前來過……
Vous	étiez	venu(e)(s)(es)	您／您們／你們之前來過……
Ils / Elles	étaient	venu(e)s	他們／她們之前來過……

註：法語的連音「‿」
　　法語是一個注重連貫性的語言，因此發展出「連音」的概念，使得它擁有獨特的旋律美。在法語的字彙中，大部分字尾以子音結尾的字彙都不發音。但是，如果這些原本不發音的子音（d／m／n／s／t／x／z），後面緊接著一個母音開頭的字彙，此時，原本不發音的子音就必須發音與後面緊接的母音結合成一個音節，讓句子有連貫性，而這個特性，就是所謂的「連音」（liaison）。（請參閱《我的第一堂法語課》P.20）

Se demander 自問（反身動詞）　MP3-02

主詞	反身代名詞	助動詞	過去分詞	中文翻譯
Je	**m'**	étais	demandé	我早就自問過……
Tu	**t'**	étais	demandé	你早就自問過……
Il / Elle / On	**s'**	était	demandé	他／她／我們早就自問過……
Nous	**nous**	étions	demandé	我們早就自問過……
Vous	**vous**	étiez	demandé	您／您們／你們早就自問過……
Ils / Elles	**s'**	étaient	demandé	他們／她們早就自問過……

！！注意！！

（1）助動詞使用「être」時，動詞的過去分詞必須跟著主詞做陰陽性、單複數的變化。例如：若主詞為陰性，過去分詞必須加上「e」。若主詞為陽性複數，過去分詞須加上「s」；但主詞若為陰性複數，過去分詞則須加上「es」。

（2）複數主詞中的人物，必須全部為陰性（全都是女生）才符合使用陰性複數的條件。若100人中有99位女性，1位男性，複數主詞的性別還是陽性的。

（3）反身動詞在過去動作式（passé composé）或是更早過去式中雖然使用「être」為助動詞，但是必須注意主動詞本身的特性，如：「se demander」中的結構來自於「demander à soi-même」（問自己），「demander」無法直接接上「soi-même」（之間有介系詞「à」的存在），表示「se demander」中的「se」俱有人稱間接代名詞（C.O.I）的特性，所以不能做陰陽性單複數的變化！

Dire 說（一般動詞）　　　　　　　　⬤MP3-03

主詞	助動詞	過去分詞	中文意思
J'	avais	dit	我早就說過……
Tu	avais	dit	你早就說過……
Il / Elle / On	avait	dit	他／她／我們早就說過……
Nous	avions	dit	我們早就說過……
Vous	aviez	dit	您／您們／你們早就說過……
Ils / Elles	avaient	dit	他們／她們早就說過……

Les temps du passé　過去時態的使用　　　　⬤MP3-04

句子A	句子B		時間先後順序
Quand je suis‿arrivé, 當我到的時候，（過去動作式）	B1	ils‿avaient mangé. 他們早就吃完飯了。（更早過去式）	當句子A的動作發生時，句子B1的動作已經結束。
	B2	ils mangeaient. 他們當時正在吃飯。（過去情境式）	當句子A的動作發生時，句子B2的動作在還在持續中。
	B3	ils‿ont mangé. 他們才開始吃飯。（過去動作式）	當句子A的動作發生時，句子B3的動作才跟著發生。

Comment dit-on en français? 法語怎麼說？　　◉ MP3-05

1. Je te l'avais dit !

   我早就跟你説過這事了！

2. Il avait eu l'opportunité de sortir avec elle, mais il a laissé passer sa chance.

   他本來有一個可以跟她出去的機會，但是他讓機會白白溜走了。

3. Nous nous étions rencontrés pour la première fois en France, trois ans après nous nous sommes revus à Taïwan.

   我們第一次在法國相遇，3年後我們又在臺灣遇見了。

4. Maman nous avait prévenu(e)s de ne pas manger trop de bonbons.

   媽媽跟我們説過不能吃太多的糖果。

5. Ce qu'il a proposé nous y avions pensé.

   他的提議我們早就想過了。

6. Ça s'est passé exactement comme j'avais imaginé.

   事情就像我之前想的那樣發生。

7. On ne savait pas qu'elle avait vécu en Espagne.

   我們不知道她之前在西班牙住過。

8. Ses parents avaient déjà appris cette nouvelle avant d'être informés.

   早在被通知之前，他的父母就知道這個消息了。

Conversation 閒話家常 MP3-06

Ahhhhhh...
啊……

Pourquoi tu cries? Qu'est-ce qu'il se passe?
妳為什麼大叫？發生什麼事了？

Regarde, il y a un énorme cafard là-bas! tu le vois?
你看，那裡有一隻超大的蟑螂！你看到它了嗎？

Oui, oui, oui, calme-toi! … "Paf!" ça y est! Je l'ai tué!
有，有，有，妳冷靜點！……「啪！」好了，我殺了它了！

Merci qui?
謝謝誰啊？

Merci, mon héros!
謝謝，我的英雄！

Heureusement que je suis là, sinon comment tu aurais fait?
還好有我在，不然妳要怎麼辦？

Oui, mais <u>je t'avais dit</u> de nettoyer les miettes ce matin, pourquoi tu ne l'as pas fait?
是啊，不過我今天早上就已經跟你說過要把麵包屑清一清，為什麼你沒做呢？

Excuse-moi, mais j'étais à la bourre…
對不起，不過我當時快來不及了……

«Quand un philosophe vous répond, on ne comprend même plus ce qu'on lui avait demandé.»

André Gide

「當一個哲學家回答我們的問題時，會讓我們連自己提的問題是什麼都忘了。」

安德烈・紀德

Futur antérieur 先發生未來式：

Tu viendras me voir quand j'aurai déménagé. 我搬好了你再來看我。

文法時間

```
              即將未來時態          先發生未來時態
              futur proche         futur antérieur

現在時態                                              簡單未來時態
présent  ────────────────────────────────►         futur simple
```

使用時機： 1. 使用在比簡單未來式（futur simple）更早發生，但是比即將未來
式（futur proche）晚發生的事件上。

2. 強調未來的某件事件先發生，才會發生下一個未來事件時使用。

動詞結構： 助動詞的未來式型態（futur simple）＋動詞的過去分詞型態
（participe passé）

　　助動詞有2種：「être」（是）和「avoir」（有）的未來式型態，選擇的方式仍然依據動詞的特性決定（同過去動作式的規則）。如果動詞屬於移動動詞或是反身動詞，助動詞用「être」。動詞不屬於移動動詞或是反身動詞者，則使用「avoir」，如以下表範例。

Partir 離開（移動動詞）　　　　　　　　　◯MP3-07

主詞	助動詞	過去分詞	中文翻譯
Je	serai	parti(e)	我先離開了。
Tu	seras	parti(e)	你先離開了。
Il / Elle / On	sera	parti(e)(s)(es)	他／她／我們先離開了。
Nous	serons	parti(e)s	我們先離開了。
Vous	serez	parti(e)(s)(es)	您／您們／你們先離開了。
Ils / Elles	seront	parti(e)s	他們／她們先離開了。

Se coucher 上床休息（反身動詞）　　　　　◯MP3-08

主詞	反身代名詞	助動詞	過去分詞	中文翻譯
Je	**me**	serai	couché(e)	我先上床了
Tu	**te**	seras	couché(e)	你先上床了
Il / Elle / On	**se**	sera	couché(e)(s)(es)	他／她／我們先上床了
Nous	**nous**	serons	couché(e)s	我們先上床了
Vous	**vous**	serez	couché(e)(s)(es)	您／您們／你們先上床了
Ils / Elles	**se**	seront	couché(e)s	他們／她們先上床了

！！注意！！

（1）助動詞使用「être」時，動詞的過去分詞必須跟著主詞做陰陽性，單複數的變化。例如：若主詞為陰性，過去分詞必須加上「e」。若主詞為陽性複數，過去分詞須加上「s」；但主詞若為陰性複數，過去分詞則須加上「es」。

（2）複數主詞中的人物，必須全部為陰性（全都是女生）才符合使用陰性複數的條件。若100人中有99位女性，1位男性，複數主詞的性別還是陽性的。

Finir 完成（一般動詞）

MP3-09

主詞	助動詞	過去分詞	中文翻譯
J'	aurai	fini	我先完成了。
Tu	auras	fini	你先完成了。
Il / Elle / On	aura	fini	他／她／我們先完成了。
Nous	aurons	fini	我們會先完成了。
Vous	aurez	fini	您／您們／你們先完成了。
Ils / Elles	auront	fini	他們／她們先完成了。

Comment dit-on en français? 法語怎麼說？　MP3-10

1. On‿ira au cinéma quand tu <u>auras fini</u> tes devoirs.

你做完了功課，我們再去看電影。

2. Quand <u>j'aurai passé</u> le permis, j'achèterai une voiture.

當我考到駕照後，我就買一部車。

3. Quand vous‿arriverez, <u>je me serai</u> déjà <u>levé</u>.

當你們抵達的時候，我早就起床了。

4. Tu viendras me voir quand <u>j'aurai déménagé</u>.

我搬好了，你再來看我。

5. Dès que nous‿<u>aurons pris</u> la décision, nous vous‿écrirons.

當我們做好了決定，我們就寫信給你們。

6. Quand vous‿<u>aurez terminé</u> le travail, venez me voir.

當您結束了工作，來找我。

7. Tiens-moi au courant quand tu <u>auras parlé</u> à tes parents de notre mariage.

當你跟你的父母說了我們的婚事之後，讓我知道。

8. Nous ferons une fête quand <u>ils seront‿arrivés</u>.

當他們到了，我們再來辦一個派對。

Conversation 閒話家常 MP3-11

 Qu'est-ce que tu fais? Pourquoi tu allumes la lumière en pleine nuit?
你在幹什麼啊？為什麼大半夜開燈？

 Il y a un moustique qui m'empêche de dormir, il m'a piqué en plus!
有一隻蚊子干擾我睡覺，而且還叮了我！

 Ah ma pauvre! On va se venger!
好可憐喔！我們一起幫你報仇！

 Je le vois! Il est sur le mur au-dessus de la boîte à mouchoir, je vais le tuer.
我看到它了！他在面紙盒上方的牆上，我要殺了它。

 Ah attends! Ne l'écrase pas sur le mur, ça va laisser une trace, je vais chercher la raquette électrique.
等一下！不要把它壓扁在牆上，會留下痕跡，我去拿電蚊拍。

 Dépêche-toi, sinon quand tu reviendras, <u>il sera parti</u>!
你快一點，不然等你回來，它可能就飛走了

«Le mariage, c'est l'art pour deux personnes de vivre ensemble aussi heureuses qu'elles auraient vécu chacune de leur cote.»

Georges Feydau

「婚姻，是一種讓兩人生活過得跟各自生活一樣好的一門藝術。」

喬治・費多

Conditionnel passé 過去條件式：

J'aurais aimé passer plus de temps avec toi. 我真希望以前有多花時間跟你相處。

文法時間 MP3-12

使用時機：1. 陳述對過去事件的遺憾。

　　　　　2. 對某個錯誤表達不滿，認為原本應採取的動作。

　　　　　3. 敘述過去未經證實的事件。

動詞結構：「être」（是）或「avoir」（有）的條件現在式型態＋動詞的過去
　　　　　分詞型態

Être的條件現在式型態	Avoir的條件現在式型態
Je serais	J'aurais
Tu serais	Tu aurais
Il serait / Elle serait / On serait	Il aurait / Elle aurait / On‿aurait
Nous serions	Nous‿aurions
Vous seriez	Vous‿auriez
Ils seraient / Elles seraient	Ils‿auraient / Elles‿auraient

（關於「Conditionnel présent現在條件式」，請參閱《我的第一堂法語課》Unité 9）

「Avoir」的條件現在式型態＋「pouvoir / devoir / falloir的過去分詞」，表示對過去事件的不滿，帶有指責的意味。

Avoir的條件現在式型態	pouvoir / devoir 的過去分詞
J'aurais	
Tu aurais	
Il aurait / Elle aurait / On‿aurait	pu（當初可以……）
Nous‿aurions	
Vous‿auriez	dû（當初應該……）
Ils‿auraient / Elles‿auraient	

！！注意！！

　　Il aurait fallu （當初應該……） → 「falloir」只能用非人稱主詞「il」，而「devoir」的主詞只能是人。

➤ Il aurait fallu que nous le disions plus tôt. = Nous‿aurions dû le dire plus tôt.
　　我們當初應該早點說的。

Comment dit-on en français? 法語怎麼說？ MP3-13

1. J'aurais aimé passer plus de temps avec toi.
   我真希望以前有多花時間跟你相處。

2. On aurait dû changer d'appartement, il y a de plus en plus de fissures sur les murs.
   我們當初應該換公寓的，牆壁上有越來越多的裂痕。

3. Je ne savais pas qu'il venait, sinon je me serais maquillée.
   我不知道他要來，不然我早就化妝了。

4. Il a oublié que c'était mon anniversaire, sinon il me l'aurait fêté.
   他忘了我的生日，不然他就會為我慶祝了。

5. Je leur aurais dit que c'était ton idée de soutenir leur projet.
   我之前應該跟他們說支持他們的計劃是你的主意。

6. Elle aurait dû laisser partir Thomas, maintenant ils se disputent tout le temps.
   她當初應該讓托瑪離開的，現在他們常常吵架。

7. Il n'y avait pas d'autre moyen, sinon je l'aurais déjà fait.
   沒有其他的辦法，不然我早就做了。

8. Sans la crise économique, les affaires seraient allées mieux.
   沒有經濟危機的話，生意應該會更好。

Conversation 閒話家常 MP3-14

Qu'est-ce que tu dessines bien!
你畫圖畫得真好！

Merci!
謝謝！

Tu as suivi une formation de dessinateur?
你有上過繪圖課程嗎？

Non, j'aurais aimé faire des études d'art, mais en général ce n'est pas l'art qui nous permet de gagner notre vie.
沒有，我當初希望可以學藝術，但是一般來說，靠藝術不太能夠賺錢維生。

J'avais pensé à ça aussi, sinon je n'aurais pas choisi d'être professeur.
我當初也想到這個，不然我就不會選擇當老師了。

Oui, entre le rêve et la réalité, des fois il faut savoir concilier.
是啊，夢想和現實之間，有時候必須妥協。

C'est comme ça, c'est la vie!
人生就是這樣！

Discours indirect 轉述句法：

Il m'a dit que tu allais venir. 他跟我說你會來。

 ## 文法時間 MP3-15

使用時機：將一段對話轉述給第三者得知時使用。

直述句（discours direct）vs.轉述句（discours indirect）

➤ Claire dit: «J'ai froid.»　克萊兒說：「我很冷。」

　　«J'ai froid.» －直述句

➤ Claire dit qu'elle a froid.　克萊兒說她很冷。

　　dit qu'elle a froid －轉述句

 ## 轉述句特徵 MP3-15

1. **必須使用引導動詞將對話以轉述句的方式呈現。**

   常見轉述動詞：dire（說）、demander（詢問）、confirmer（確認）、
   expliquer（解釋）、répondre（回覆）等。

2. **轉述句中的主詞和所有格會改變。**

   > 對話 1

   ➤ Marie dit à Claire: «Je vais en France avec mon mari.»
   瑪麗跟克萊兒說：「我跟我先生要去法國。」

   > 轉述對話 1

   ➤ Marie dit à Claire <u>qu'elle</u> va en France avec <u>son</u> mari.
   瑪麗跟克萊兒說她要跟她先生要去法國。

3. 轉述一段疑問句對話時，疑問詞est-ce que（是否）與qu'est-ce que（什麼）在轉述句中必需變成si與ce que，如範例對話。

範例	直述句中的疑問詞	轉述句中的疑問詞
對話2	est-ce que（是否）	si
對話3	qu'est-ce que（什麼）	ce que
對話4	qu'est-ce qui（什麼／怎麼）	ce qui
對話5	où est-ce que（哪裡）	où
對話6	comment est-ce que（如何／怎麼）	comment
對話7	quand est-ce que（什麼時候）	quand

對話 2　●MP3-15

➢ Thomas demande à Marie: «Est-ce que tu viens chez moi?»

托瑪詢問瑪麗：「你是否要來我家？」

轉述對話 2

➢ Thomas demande à Marie <u>si elle</u> vient chez lui.

托瑪詢問瑪麗是否她會來他家。

對話 3

➢ Thomas demande à Marie: «Qu'est-ce que tu veux boire?»

托瑪詢問瑪麗：「妳想要喝什麼？」

轉述對話 3

➢ Thomas demande à Marie <u>ce qu'elle</u> veut boire.

托瑪詢問瑪麗她想喝什麼。

對話 4  MP3-15

➢ Thomas demande à Marie: «Qu'est-ce qui ne va pas?»

托瑪詢問瑪麗：「有什麼不對勁嗎？＝怎麼了」

轉述對話 4

➢ Thomas demande à Marie ce qui ne va pas.

托瑪詢問瑪麗怎麼了。

對話 5

➢ Thomas demande à Marie: «Où est-ce que tu vas?»

托瑪詢問瑪麗：「妳要去哪裡？」

轉述對話 5

➢ Thomas demande à Marie où elle va.

托瑪詢問瑪麗要去哪裡。

對話 6

➢ Thomas demande à Marie: «Comment est-ce que tu viens?»

托瑪詢問瑪麗：「妳怎麼來的？」

轉述對話 6

➢ Thomas demande à Marie comment elle vient.

托瑪詢問瑪麗怎麼來的。

對話 7

➢ Thomas demande à Marie: «Quand‿est-ce que Claire arrive?»

托瑪詢問瑪麗：「克萊兒什麼時候到？」

轉述對話 7

➤ Thomas demande à Marie <u>quand Claire</u> arrive.

托瑪詢問瑪麗克萊兒什麼時候到。

！！引導句中的引導動詞為現在式時，轉述句中的動詞時態與直述句中的時態相同！！

4. 引導動詞為過去時態時，將直述句變成轉述句必須進行時態調整，如下表範例。

範例	直述句	轉述句
對話8	現在式（je mange）	過去情境式（il mangeait）
對話9	過去情境式（j'avais faim）	過去情境式（il avait faim）
對話10	過去動作式（j'ai mangé）	更早過去式（il avait mangé）
對話11	更早過去式（j'avais préparé le dessert）	更早過去式（il avait préparé le dessert）
對話12	即將未來式 （je vais manger）	aller過去情境式＋原形動詞 （il allait manger）
對話13	簡單未來式（je mangerai）	條件現在式（il mangerait）
對話14	先發生未來式（j'aurai terminé）	條件過去式（il aurait terminé）
對話15	條件現在式（j'aimerais te parler）	條件現在式（il aimerait lui parler）
對話16	條件過去式（J'aurais dû te prévenir）	條件過去式（il aurait dû la prévenir）

對話 8  MP3-15

➤ Thomas a répondu à Claire: «Je mange.»

托瑪回答了卡萊兒：「我在吃飯。」

轉述對話 8

➤ Thomas a répondu à Claire <u>qu'il mangeait</u>.

托瑪回答了克萊兒他在吃飯。

對話 9

➢ Thomas a répondu à Claire: «J'avais faim.»

托瑪回答了克萊兒：「我早就餓了。」

轉述對話 9

➢ Thomas a répondu à Claire qu'il avait faim.

托瑪回答了克萊兒他早就餓了。

對話 10

➢ Thomas a répondu à Claire: «J'ai mangé.»

托瑪回答了克萊兒：「我吃過了。」

轉述對話 10

➢ Thomas a répondu à Claire qu'il avait mangé.

托瑪回答了克萊兒他吃過了。

對話 11

➢ Thomas a répondu à Claire: «J'avais préparé le dessert.»

托瑪回答了克萊兒：「我早就準備好了甜點。」

轉述對話 11

➢ Thomas a répondu à Claire qu'il avait préparé le dessert.

托瑪回答了克萊兒他早就準備好了甜點。

對話 12

➢ Thomas a répondu à Claire: «Je vais manger.»

托瑪回答了克萊兒：「我要去吃飯。」

轉述對話 12

➢ Thomas a répondu à Claire qu'il allait manger.

托瑪回答了克萊兒他要去吃飯。

對話 13

➤ Thomas a répondu à Claire: «Je mangerai.»

托瑪回答了克萊兒：「我將會吃飯。」

轉述對話 13

➤ Thomas a répondu à Claire qu'il mangerait.

托瑪回答了克萊兒他將會吃飯。

對話 14

➤ Thomas a dit à Claire: «J'aurai terminé mon travail avant 18 heures.»

托瑪跟克萊兒說：「我會在下午6點前完成工作。」

轉述對話 14

➤ Thomas a dit à Claire qu'il aurait terminé son travail avant 18 heures.

托瑪跟克萊兒說他會在下午6點前完成工作。

對話 15

➤ Thomas a dit à Claire: «J'aimerais te parler.»

托瑪跟克萊兒說：「我想要跟妳說話。」

轉述對話 15

➤ Thomas a dit à Claire qu'il aimerait lui parler.

托瑪跟克萊兒說他想要跟她說話。

對話 16

➤ Thomas a dit à Claire: «J'aurais dû te prévenir.»

托瑪跟克萊兒說：「我事先應該先跟妳說的。」

轉述對話 16

➤ Thomas a dit à Claire qu'il aurait dû la prévenir.

托瑪跟克萊兒說他事先應該先跟她說的。

5. **直述句（不論過去或現在時態）為祈使句（impératif）時，轉述時必須使用de＋原形動詞**

◉ MP3-15

（對話 17）

➤ Thomas demande à Claire: «Passe-moi le sel.»

托瑪要求克萊兒：「遞給我鹽巴。」

（轉述對話 17）

➤ Thomas demande à Claire <u>de lui passer</u> le sel.

托瑪要求克萊兒遞給他鹽巴。

6. **轉述句中的時間表達方式需修正。**

引導動詞為過去時態式，將直述句變成轉述句時間表達語必須調整，如下表範例。

範例	直述句	轉述句
對話18	hier（昨天）	la veille（前一天）
對話19	demain（明天）	le lendemain（隔天）
對話20	dans 3 jours（再過3天）	3 jours après（3天後） 3 jours plus tard（3天後）
對話21	il y a 2 jours（2天前）	2 jours auparavant（2天前）
對話22	lundi dernier（上個星期一）	le lundi précédent（前一個星期一）
對話23	lundi prochain（下個星期一）	le lundi suivant（接著的那個星期一）
對話24	aujourd'hui（今天）	ce jour-là（那一天）
對話25	maintenant（現在） en ce moment（此時）	à ce moment-là（當時）

對話 18 ● MP3-15

➢ Thomas a dit à Marie: «Je suis allé chez Claire hier.»

托瑪跟瑪麗說：「我昨天去了克萊兒家。」

轉述對話 18

➢ Thomas a dit à Marie qu'il était allé chez Claire <u>la veille</u>.

托瑪跟瑪麗說他前一天去了克萊兒家。

對話 19

➢ Thomas a dit à Marie: «Je vais aller chez Claire demain.»

托瑪跟瑪麗說：「我明天要去克萊兒家。」

轉述對話 19

➢ Thomas a dit à Marie qu'il allait aller chez Claire <u>le lendemain</u>.

托瑪跟瑪麗說他隔天要去克萊兒家。

對話 20

➢ Thomas a dit à Marie: «Je pars en France dans 3 jours.»

托瑪跟瑪麗說：「我3天後會去法國。」

轉述對話 20

➢ Thomas a dit à Marie qu'il partait en France <u>3 jours après</u>.

托瑪跟瑪麗說他3天後會去法國。

對話 21

➢ Thomas a dit à Marie: «Claire est partie en France il y a 2 jours.»

托瑪跟瑪麗說：「克萊兒2天前去了法國。」

轉述對話 21

➢ Thomas a dit à Marie que Claire était partie en France <u>2 jours auparavant</u>.

托瑪跟瑪麗說克萊兒2天前去了法國。

對話 22

➤ Thomas a dit à Marie: «Claire est partie en France lundi dernier.»

托瑪跟瑪麗說：「克萊兒上個星期一去了法國。」

轉述對話 22

➤ Thomas a dit à Marie que Claire était partie en France le lundi précédent.

托瑪跟瑪麗說克萊兒前一個星期一去了法國。

對話 23

➤ Thomas a dit à Marie: «Claire partira de Taïwan lundi prochain.»

托瑪跟瑪麗說：「克萊兒下個星期一會離開臺灣。」

轉述對話 23

➤ Thomas a dit à Marie que Claire partirait de Taïwan le lundi suivant.

托瑪跟瑪麗說克萊兒接著的那個星期一會離開臺灣。

對話 24

➤ Thomas a dit à Marie: «Claire part aujourd'hui.»

托瑪跟瑪麗說：「克萊兒今天離開。」

轉述對話 24

➤ Thomas a dit à Marie que Claire partait ce jour-là.

托瑪跟瑪麗說克萊兒那一天離開。

對話 25

➤ Thomas a dit à Marie: «Je suis très‿occupé en ce moment.»

托瑪跟瑪麗說：「我此時很忙。」

轉述對話 25

➤ Thomas a dit à Marie qu'il était très‿occupé à ce moment-là.

托瑪跟瑪麗說他當時很忙。

Comment dit-on en français? 法語怎麼說？ MP3-16

1. J'ai lu dans un magazine que les hommes dépensent aussi beaucoup d'argent pour les grandes marques. （非轉述語氣，陳述一件事實，不適用轉述語氣的規則）

   我在一本雜誌上讀到男人也花很多錢在名牌上。

2. On m'a dit qu'il ne passerait pas Noël avec nous.

   有人跟我說他不會跟我們一起過聖誕節。

3. Mon père m'a demandé au téléphone si j'allais manger avec lui.

   我爸爸在電話上問我是否會跟他一起吃飯。

4. La police a interrogé le suspect sur ce qu'il avait fait ce jour-là.

   警方偵訊嫌犯關於當天他做了什麼事情。

5. Je me rappelle toujours que mon mari m'a demandé en mariage devant la Tour Eiffel.

   我永遠都記得我丈夫在艾菲爾鐵塔前跟我求婚。

6. La directrice a confirmé qu'il y aurait une augmentation de salaire pour tous les salariés.

   女總裁確認將會為全員調薪。

7. Il m'a dit que tu allais venir.

   他跟我說你會來。

8. Madame Dupont a répondu à son mari qu'elle s'était rendue chez le médecin.

   杜邦太太回答他丈夫說她已經去看了醫生。

Conversation 閒話家常 MP3-17

Etienne vient de me téléphoner.
艾堤恩剛剛打電話給我。

De quoi vous‿avez parlé?
你們聊了什麼？

Il m'a dit que sa copine voulait rompre avec lui.
他跟我說他女朋友想要跟他分手。

C'est étonnant, il y a deux mois quand on les‿a vus,
ils nous‿ont parlé de leur projet de mariage.
令人驚訝，兩個月前跟他們見面的時候，他們還談到要結婚
的計劃。

Oui, c'est pour cette raison que je lui ai demandé pourquoi.
是啊，所以我才問他為什麼。

Et alors?
是什麼原因？

Il m'a expliqué que sa copine avait appris son‿aventure avec
Jenny le mois dernier.
他跟我解釋說因為他女朋友知道了上個月他和珍妮搞外遇的事。

Tu m'étonnes qu'elle veuille le quitter!
難怪她想要離開他！

«Ma femme et moi avons été heureux vingt-cinq ans; et puis, nous nous sommes rencontrés.»

Sacha Guitry

「我太太和我曾經有過二十五年的幸福日子，接著我們就相遇了。」

薩夏‧吉緹

Gérondif 副動詞：

La femme cuisine en chantant 那個女人邊煮飯邊唱歌。

 ## 文法時間 MP3-18

使用時機：1. 表達主詞同時進行的動作。

2. 說明原因或是方式。

3. 描述在某種動作條件下。

動詞結構：en＋動詞的現在分詞型態（participe présent）

現在分詞：就大部分動詞而言，取直陳現在時態中的第二人稱複數（vous）的動詞字首（字根）＋ant。

如：Vous voyez → voyant

Vous buvez → buvant.

例外：avoir → ayant

faire → faisant

savoir → sachant

dire → disant

avancer → avançant（原形動詞cer結尾）

manger → mangeant（原形動詞ger結尾）

！！注意！！

現在分詞是用來取代「qui＋動詞」的結構，不等於副動詞。

➤ L'enfant sautant est mon fils ＝ L'enfant qui saute est mon fils.

那個跳躍的小孩是我的兒子。

Comment dit-on en français? 法語怎麼說？ ◯ MP3-19

1. On progresse __en pratiquant__ le plus possible.

   如果盡可能地練習，我們就會進步。

2. La femme cuisine __en chantant__.

   那個女人邊煮飯邊唱歌。

3. Quand l'accident s'est produit je suis parti __en courant__.

   當意外發生的時候，我用跑的離開事發地點。

4. Jean a rencontré Marie __en faisant__ ses courses.（副動詞用法）

   ＝Jean a rencontré Marie quand il était en train de faire ses courses.

   尚在買菜的時候遇見瑪麗。（尚在買菜）

5. Jean a rencontré Marie __faisant__ ses courses.（現在分詞用法）

   ＝Jean a rencontré Marie qui était en train de faire ses courses.

   尚遇見瑪麗正在買菜。（瑪麗在買菜）

6. Il n'est pas poli de parler __en mangeant__.

   邊說話邊吃東西不禮貌。

7. Jean a réussi son examen __en‿ayant__ bien travaillé.

   尚通過考試因為他很認真讀書。

8. Je pense à Marie __en voyant__ son fils.

   當我看到瑪麗的兒子就想到她。

Conversation 閒話家常 ◉MP3-20

 Qu'est-ce que tu as fait à ta chemise?
你對你的襯衫做了什麼？＝你的襯衫怎麼了？

 Ne m'en parle pas!
別提了!

 Qu'est-ce qui s'est passé?
到底發生什麼事了？

 C'est un client qui a renversé mon café <u>en mettant</u> sa veste avant de partir.
是一位客戶離開前在穿外套時弄翻了我的咖啡。

 Mon pauvre! Il s'est excusé au moins?
真不幸。他至少有道歉吧？

 Oui, mais ça ne sert à rien pour enlever cette tache sur ma chemise préférée!
有啊，但是對於去掉在我最愛的襯衫上的這個污漬沒有任何作用！

 Tu as raison, il n'y a rien à faire. Elle est foutue cette chemise.
你說的沒錯，沒辦法做什麼了，這件襯衫報銷了。

«Les cons ça ose tout, c'est même à ça qu'on les reconnaît.»

Michel Audiard

「蠢人什麼都敢做，正因為這樣我們能夠分辨誰是蠢人。」

米歇爾・歐第亞

La forme passive 被動式：

Ce gâteau a été fait par ma mère. 這蛋糕是我媽媽做的。

 文法時間 MP3-21

使用時機：1. 強調被動作影響的事件、物品或人時使用。

　　　　　2. 通常用於發明，法律或是特殊事件。

動詞結構：1.「être＋動詞的過去分詞型態」＋par / de＋執行動作的人事物

　　　　　2. 帶有被動意思的反身動詞「se transformer」（被改變）、「se boire」（被飲用）、「se manger」（被食用）⋯⋯（法國人口語中常用的語法）

　　　　　3.「se faire＋原形動詞」（法國人口語中常用的語法）

1.「être＋動詞的過去分詞型態」＋par / de＋執行動作的人事物

　➤ Les parents <u>sont invités (par l'école)</u> à participer au spectacle de leurs enfants.

　　家長們被（學校）邀請參與他們小孩的表演。

　➤ Cette nuit, les bars <u>ont été remplis de</u> supporters de foot.

　　昨天晚上酒吧擠滿了足球支持者。

　！！注意！！

　動詞的過去分詞型態必須與主詞做陰陽性單複數的變化！

2. 帶有被動意思的反身動詞「se transformer」（被改變）、「se boire」（被飲用）、「se manger」（被食用）⋯⋯（法國人口語中常用的語法）

　➤ Le village <u>s'est transformé</u> en 2 ans.（強調是村莊自己的演化）

　　＝Le village <u>a été transformé</u> en 2 ans.（強調某種外力把村莊改變了）

　　這個村莊2年內被改變很多。

> Le fromage <u>se mange</u> avec du pain.（強調乳酪本身跟麵包配著吃）
> ＝Le fromage <u>est mangé</u> avec du pain.（強調人們吃乳酪配麵包）
> 乳酪與麵包搭配著食用。

3. 「se faire＋原形動詞」（法國人口語中常用的語法）

> Claire <u>s'est fait couper</u> les cheveux.（強調是克萊兒決定去剪頭髮）
> ＝Les cheveux de Claire <u>ont été coupés</u>.（強調克萊兒的頭髮被剪掉了）
> 克萊兒剪了頭髮。

> Les stars <u>se font admirer</u>.（強調是明星們讓自己被崇拜）
> ＝Les stars <u>sont admirées</u>.（強調明星們會被崇拜的事實）
> 明星們備受崇拜。

　！！注意！！

　　「se faire＋原形動詞」結構中的過去式型態中的「fait」不可做陰陽性或單複數變化，保持不變！

Comment dit-on en français? 法語怎麼說？ MP3-22

1. Ce gâteau a été fait par ma mère.
   這蛋糕是我媽媽做的。

2. Marie s'est fait voler son sac à Paris.
   瑪麗在巴黎的時候被偷了包包。

3. Un expresso se boit chaud.
   濃縮咖啡要熱的時候喝。

4. Les Champs-Élysées se remplissent de touristes en été.
   夏天的香榭麗舍大道上充滿了觀光客。

5. Un terroriste a été abattu à Milan par la police italienne.
   一位恐怖份子在米蘭被義大利警方擊斃。

6. Il a tout fait pour se faire remarquer.
   他用盡所能讓自己成為矚目的焦點。

7. Les produits téléphoniques se vendent bien.
   電信產品銷售得很好。

8. Elle a été accusée de tentative de meurtre.
   她以企圖謀殺的罪名被起訴。

Conversation 閒話家常 MP3-23

 Tu as vu la foule aux Galeries Lafayette pour les soldes la semaine dernière?

妳在有看到上星期為了打折季在拉法葉百貨公司的人潮嗎？

 Oui, il y avait un monde fou devant la porte principale!

有啊，超級多人在大門前！

 Exactement, les gens se bousculaient pour entrer dans le magasin, ceux qui sont tombés ont failli se faire écraser!

沒錯，為了進入百貨公司人們互相推擠，那些跌倒的人都差點被踩死！

 À ce point-là?

這麼誇張？

 Oui, ce comportement a été largement discuté dans les médias pour y trouver une explication.

是啊，這個現象還被各大媒體裡討論，試著了解原因。

 C'est la folie de consommation, toujours plus..., n'est-ce pas?

這就是購買慾的瘋狂，總想要更多……，對吧！

 Tout_à fait!

完全正確！

Les pronoms relatifs composés 複合關係代名詞：

La société pour laquelle il travaille est à Paris. 他工作的公司在巴黎。

 文法時間 ◉MP3-24

使用時機：用來結合簡化句子，避免在同一句子裡重複已經提過的人事物。

　　註：簡單關係代名詞（qui、que、dont、où、ce qui、ce que、ce dont）的用法請參閱《我的第一堂法語課》的Unité 8。

　　複合關係代名詞的型態：原始型態為「lequel、laquelle、lesquels、lesquelles」（中文可翻譯成：「那個」或是「那些」），然而因為句中動詞的特性，原始的複合關係代名詞前面會出現介系詞，如：「à、de、par、pour、dans、sans、avec、sur」等，當複合關係代名詞緊接在「à」與「de」之後必須做調整，如下表。

	複合關係代名詞	à＋複合關係代名詞	de＋複合關係代名詞
陽性單數	lequel	auquel	duquel
陰性單數	laquelle	à laquelle	de laquelle
陽性複數	lesquels	auxquels	desquels
陰性複數	lesquelles	auxquelles	desquelles

！！注意！！

　　複合關係代名詞：「lequel、laquelle、lesquels、lesquelles」（那個；那些）雖然與疑問詞代名詞（pronoms interrogatifs）：「lequel、laquelle、lesquels、lesquelles」（哪一個；哪些）的外觀相同，但是用法不同！

Comment dit-on en français? 法語怎麼說？ ◉MP3-25

1. Le quartier <u>dans lequel</u> je vis est très animé.（因為：vivre dans某一區）

   我住的那個地方非常熱鬧。

2. La société <u>pour laquelle</u> il travaille est à Paris.

   （因為：travailler pour某個原因、某人、某事）

   他工作的公司在巴黎。

3. Tu connais le café en face <u>duquel</u> il y a une librairie?

   （因為：en face de 在……對面）

   你知道那間在書店對面的咖啡店嗎？

4. Quel est le poste <u>auquel</u> tu as postulé?

   （因為：postuler à un poste應徵某個工作）

   你應徵的那個工作是什麼職缺？

5. Les clients <u>pour lesquels</u> je travaille sont tous Français.（原因同2）

   我工作的那些顧客都是法國人。

6. Les grands magasins <u>près desquels</u> se trouve l'Opéra Garnier sont les Galeries Lafayette et le Printemps.（因為：près de在……的附近）

   那些在加尼葉歌劇院的百貨公司是拉法葉百貨與春天百貨。

7. Comment tu trouves la fille <u>à laquelle</u> Théo est en train de parler?

   （因為：parler à某人）

   那個正在跟泰歐講話的女生你覺得如何？

8. C'est un porte-bonheur <u>sans lequel</u> je ne peux pas rester tranquille.

   這個一個幸運符，沒有它我沒辦法心安。

Conversation 閒話家常 MP3-26

 Tu te rappelles le nom du café à côté <u>duquel</u> il y a une librairie à la sortie du métro Trocadéro?

妳記得在地鐵Trocadéro出口的咖啡廳的名字嗎？它旁邊有一間書店。

Non, je ne m'en rappelle plus, pourquoi?

想不起來，為什麼？

 J'ai un ami qui va venir à Paris dans 2 semaines, il m'a demandé de lui donner quelques bonnes adresses.

我有一個朋友2星期後要來巴黎，他問我有沒有推薦的好地方。

 Tu peux lui dire de chercher un peu dans le coin, c'est un café pas loin du métro, en plus il y a toujours du monde, je ne pense pas que ce soit difficile de le retrouver.

你可以跟他說在那一帶找一下，這家咖啡離地鐵不遠，而且時常很多人，我不覺得這樣很難找到。

 Oui, tu as raison, par ailleurs, si ça se trouve il va découvrir d'autres bonnes adresses!

妳說得沒錯，或許他還會發現其他好地點！

«Notre tête est ronde pour permettre à la pensée de changer de direction.»

Francis Picabia

「圓圓的頭就是為了讓思考可以轉個方向。」

法蘭西斯・畢卡比亞

Les hypothèses 假設語氣：

Si j'avais su, je ne lui aurais pas proposé de venir. 如果我早知道，就不會讓他來了。

 ## 文法時間

使用時機：陳述在某種條件或假設下可能會發生的事情。

句型結構：

句型	假設條件	假設句	結果句
A	對未來可能發生事件： （發生機率接近100%） 假設未來，結果出現在未來	Si＋直陳現在式 （présent）	直陳簡單未來式 （futur simple）
B	對很近的未來會發生事件： （發生機率接近100%） 假設現在，結果出現在很近的未來	Si＋直陳現在式 （présent）	直陳即將未來式 （futur proche）
C	對一般常識的看法： 假設現在，結果在現在	Si＋直陳現在式 （présent）	直陳現在式 （présent）
D	給予建議： 假設現在，結果也在現在	Si＋直陳現在式 （présent）	祈使句 （impératif）
E	對未來可能發生事件： （發生機率接近100%） 假設在未來會先出現的某個條件下，結果產生在接著發生的未來	Si＋直陳過去動作式 （passé composé）	直陳簡單未來式 （futur simple） 或直陳現在式 （présent）
F	對現實當下不存在的情況提出假設： 假設現在，結果也在現在	Si＋直陳過去情境式 （imparfait）	條件現在式 （conditionnel présent）
G	對過去不存在的情況提出假設： 假設過去，結果在現在	Si＋直陳更早過去式 （plus-que-parfait）	條件現在式 （conditionnel présent）
H	對過去不存在的情況提出假設： 假設過去，結果也在過去	Si＋直陳更早過去式 （plus-que-parfait）	條件過去式 （conditionnel passé）

！！注意！！

　法語中的「Si」有多種不同涵義與功能，切勿將所有的「Si」視為假設語氣。

Comment dit-on en français? 法語怎麼說？ ◯ MP3-27

1. Si je <u>reviens</u> demain, je <u>passerai</u> te voir.（句型A）

   如果我明天回來，我會去看你。

2. Si on ne <u>mange</u> pas, on <u>va avoir</u> faim.（句型B）

   如果我們不吃東西，我們就會肚子餓。

3. Si on <u>roule</u> trop vite, on <u>risque</u> d'avoir un‿accident.（句型C）

   如果我們開車開得太快，我們會有發生意外的危險。

4. Si vous‿<u>avez</u> des problèmes, <u>appelez</u>-moi!（句型D）

   如果您有問題，打電話給我！

5. Si nous‿<u>avons fini</u> avant six heures, nous vous <u>rejoignons / rejoindrons</u> au bistro.（句型E）

   如果我們在6點前結束，我們就會去小酒館跟你們會合。

6. S'il <u>faisait</u> beau aujourd'hui, on <u>jouerait</u> au foot.（句型F）

   如果今天天氣好，我們早就出去踢足球了。

7. Si ses parents ne l'<u>avaient</u> pas <u>aidé</u>, il ne <u>vivrait</u> pas de sa passion aujourd'hui.（句型G）

   如果他的父母沒幫他，他今天就不可能靠他的興趣生存了。

8. Si j'<u>avais su</u>, je ne lui <u>aurais</u> pas <u>proposé</u> de venir.（句型H）

   如果我早知道，就不會讓他來了

9. Si j'<u>étais</u> toi, j'<u>accepterais</u> cette proposition.（句型F）

   如果我是你，我就會接受這個提議。

10. <u>Si</u> les‿humains <u>avaient fait</u> plus d'efforts pour la Terre, on n'<u>aurait</u> pas <u>eu</u> autant de catastrophes climatiques.（句型H）

    如果人類之前有為地球多做努力的話，我們就不會有這麼多的氣候災難了。

Conversation 閒話家常 MP3-28

 Enfin, tu es arrivée! Ça fait une heure que je t'attends!
妳終於到了！我等妳等了一小時了！

Tu <u>aurais dû</u> envoyer un message ou appeler pour me prévenir!
妳應該傳個訊息或打電話事先告知我的！

 Justement, <u>si j'avais eu</u> les moyens, je l'<u>aurais</u> déjà fait!
說到重點了，如果我有辦法的話，我早就做了！

 Qu'est-ce que ça veut dire «si j'<u>avais</u> eu les moyens »!? et ton portable !?
「如果我有辦法的話」是什麼意思？妳的手機不行嗎？

 Ne m'en parle pas! Quand je l'ai sorti de mon sac, il m'a échappé des mains et il est tombé sur les rails du métro au moment où le train s'est approché du quai…
別提了！當我從包包裡拿出手機時，從我手中溜走掉到捷運的鐵軌上，而且剛好在列車進站的時刻……

 Oh là là, après le train, tu as essayé de le récupérer?
天啊，列車過後，妳有試著撿回它嗎？

 Non, pas la peine, il était réduit en miettes!
沒有，根本不需要，它已經成了碎片了！

Quand on parle du loup, on en voit la queue.

才說到狼，就看到狼尾巴。（説曹操，曹操就到）

Les indéfinis 泛指詞：

J'ai quelques amis proches. 我有幾個很好的朋友。

文法時間 ◉ MP3-29

使用時機：當沒有確定數量時，用來泛指人事物的詞，類似中文的「大部份」、
　　　　　「有些人」、「某件事」。

泛指詞的類別：分為形容詞性質泛詞（l'adjectif indéfini）與代名詞性質泛詞
　　　　　　　（le pronom indéfini）2類，下表為常見的泛詞。

形容詞性質泛詞	代名詞性質泛詞
quelques 零星幾個的	**quelques-un(e)s** 零星幾個人、事、物
plusieurs 好幾個的	**plusieurs 好幾個人、事、物**
chaque 每個的	**chacun(e)** 每個人
tous / toutes 所有的 （**tous字尾的「s」不發音**）	tous / toutes 所有的人、事、物 （**tous字尾的「s」必須發音**）
tout / toute 全體的	**tout** 全部
certain(e)s 某些的	certain(e)s 某些人、事、物
d'autres 其他的	d'autres 其他人、事、物
ne… aucun(e) 沒有任何的	ne… aucun(e) 沒有任何人、事、物

形容詞性質泛詞	代名詞性質泛詞
	quelqu'un 某人
	quelque chose 某事、物
	quelque part 某地
	n'importe quoi 隨便胡扯 （沒意義的事）
	n'importe qui 隨便任何一人 （不論何人）
	n'importe où 隨便任何地方 （不論何處）
	n'importe quand 隨便任何時候 （不論何時）
	la plupart 大部份人、事、物 **（使用第三人稱複數的動詞變化）**

　　代名詞性質泛詞中的「quelques-un(e)s、plusieurs、certain(e)s、tous / toutes、la plupart」都是使用第三人稱複數的動詞變化，需特別留意！

Comment dit-on en français? 法語怎麼說？ MP3-30

1. Il y a quelques étudiants étrangers dans ma classe.

   我的班上有幾個外國學生。

2. Tous sont égaux devant la loi.（Tous要發[tus]）

   法律之前所有的人都是平等的。

3. Les élèves sont tous présents.（Tous要發[tus]）

   學生們全部都出席。

4. Chacun fait ce qu'il lui plaît.

   每個人做自己喜歡做的事。

5. La plupart de mes collègues sont français.

   我大部份的同事是法國人。

6. Il y a quelqu'un?

   有人在嗎？

7. Ne laisse pas la porte ouverte, n'importe qui peut rentrer ici.

   別把門開著，任何人都可能進來這裡。

8. Chaque année il vient me rendre visite.

   每一年他都會來看我。

9. J'ai quelques amis proches.

   我有幾個很好的朋友。

10. Il dit souvent n'importe quoi.

    他常常亂說一通。

Conableconversation 閒話家常 MP3-31

 Mon fils m'inquiète.
我擔心我兒子。

 Pourquoi?
為什麼?

 Il est toujours sur son portable, il ne sort pas, j'ai l'impression qu'il n'a aucun ami!
他常常抱著手機不放,他也不出門,我覺得他沒有任何朋友!

 Tu lui en as parlé?
妳跟他談過這件事嗎?

 Bien sûr, il m'a répondu que tous ses amis sont connectés, ils ne communiquent que par Internet, ils jouent en ligne, pas besoin de sortir!
當然,他回我說他所有的朋友都在線上,他們只透過網路溝通,玩線上遊戲,根本不需要出門!

 Ah, les jeunes! Leur mode de communication n'est pas celui qu'on connaissait mais si cela leur convient, pourquoi pas!
啊,這些年輕人!他們的溝通方式不像我們以前那樣,不過如果他覺得這樣很好,也沒什麼不可以的!

 Ce que tu dis n'est pas faux, mais je pense qu'une "vraie" vie sociale est quand même très importante pour lui…
你這麼講沒錯,但是我還是覺得一個「真正的」社交生活對他還是很重要的……

L'envers vs. verlant 逆轉法語

「relou」（掃興的）、「chébran」（時髦的）、「keum」（男人）不知道這是什麼意思？普通的法語字典也查不到，這究竟是不是法語？別懷疑，是的，這正是名副其實的現代法語其中的一種，稱為「Le verlan」（逆轉字）。

逆轉字（Le verlan）的出現，主要是為了在某個特定族群裡使用好讓其他群體外部的人聽不懂的特殊字彙，屬於行話（l'argot）的一種，尤其在年輕族群非常流行，一方面讓成人不解他們的談話內容之外，另外還可以彰顯自己特殊性。

逆轉字的形成是利用法語字彙本身的音節特性，將音節反轉過來，而變成另外一個字，讓聽眾聽到的當下反應不過來，例如：「verlan」本身的由來，就是將「l'envers」[lɑ̃vɛʀ]（相反）這個字的音節顛倒[vɛʀlɑ̃]，再試著拼出可能的組合，於是得到「verlan」這個字。由於逆轉字是依據發音創造出來的流行法語，因此僅止於口語上的使用；雖然逆轉字有世代性，不屬於正規法語，然而有些禁得起時代考驗的逆轉字，就會被編進法語字典。

雖說所有的法語字彙都可以用音節逆轉方式造出逆轉字，但是有些字逆轉後的隱藏（神祕感）或是耍酷的效果不足，根本無法招攬廣大的使用者終而消失。而有些經過音節逆轉的字彙，為了聽起來好聽，再經歷多次轉化或是刪減某些音節，使得最終的逆轉字和原先的正規法語完全不同，但是因為聽起來好聽、好用、好記又酷，因而廣為流傳。

目前法語口説中有一些常見的逆轉字，一旦知道這些字彙的由來和意思，對於了解法國人談話的內容會大有幫助。

 MP3-32

！！逆轉字不適合在正式場合或是與長輩談話時使用！！

正規法語	中文意思	逆轉字
branché	時髦的	chébran [ʃebʁɑ̃]
lourd	掃興的	relou [ʁəlu]
mec	男人	keum [køm]
pourri	腐敗的	ripoux [ʁipu]
femme	女人	meuf [mœf]
chopé	被逮到 / 釣到～人	pécho [peʃo]
fête	派對	teuf [tœf]
arabe	阿拉伯人	beur [bœʁ] / rebeu [ʁəbø]
flic	警察	keuf [kœf]
bizarre	奇怪的	zarbi [zaʁbi]
n'importe quoi	亂來／胡説	nawak [nawak]
bloqué	困住的	kéblo [keblo]
louche	不堪的／可恥的	chelou [ʃəlu]
énervé	生氣的	vénère [venɛʁ]
moche	醜的	cheum [ʃœm]

Unité 2

Situation
情境篇

❶ Exprimer son point de vue 意見表達：

Ce que tu dis n'est pas faux mais j'aimerais m'en acheter un.

你講的沒錯，但是我很想買一個。

❷ Négocier et convaincre 協商說服：

Si je demandais à quelqu'un de m'amener ma carte d'identité?

如果我請人幫我拿身分證來呢？

❸ Apaiser les émotions 安撫情緒：

Ce n'est pas évident mais c'est possible. 不容易但是是辦得到的。

❹ Justifier et expliquer 說明澄清：

Comme j'étais occupée ce jour-là, cela ne m'est pas venu à l'esprit de l'essayer.

我那一天很忙，根本沒想到要試用。

❺ Demander de l'aide 尋求幫助：

Je voudrais vous demander d'appeler Monsieur Legrand si cela ne vous dérange pas.

我在想是否可以請您幫忙打電話給勒葛洪先生。

❻ Réclamer un remboursement 要求賠償：

J'aimerais que vous me le remboursiez. 我希望您們可以退費。

Exprimer son point de vue 意見表達：

Ce que tu dis n'est pas faux mais j'aimerais m'en acheter un. 你講的沒錯，但是我很想買一個。

> Emma和她的朋友Laurent討論iphone7。

 MP3-33

 Laurent, tu sais que l'iphone7 est en vente!
羅宏，你知道iphone7已經開賣了！

 Oui, je suis au courant. J'ai vu à la télé il y a un monde (de) fou devant les magasins Apple pour l'acheter.
是啊，我知道。我在電視上看到Apple商店前擠滿了很多人。

 Il parait qu'il est vraiment bien pour faire des photos, surtout pour faire des selfies. En plus, le nouveau design est chouette.
看起來iphone7的拍照效果真的很好的樣子，尤其是自拍效果。而且，新款設計也很好看。

Le nouveau design? Pour moi, tous les iphones ont le même design, je ne vois pas la différence.

新款設計？我覺得所有的iphone的設計都一樣，看不出來差別。

Non, pas du tout! Je te montre, regarde…(Emma montre à Laurent les photos sur son portable)

不，才不是呢！我找給你看，你看……（Emma給Laurent看她手機上的照片）

D'accord, ils ne sont pas tout‿à fait pareil, mais ils se ressemblent beaucoup quand même.

好吧，它們看起來不完全一樣，但是相似度還是很高。

Ce que tu dis n'est pas faux mais j'aimerais m'en‿acheter un.

你講的沒錯但是我很想買一個。

Tu n'as pas déjà un iphone6?

妳不是已經有一個iphone6嗎？

Si, mais quand je fais des selfies, on ne peut pas voir l'endroit où je suis, tandis qu'avec l'iphone7, non seulement je peux faire des selfies mais aussi avoir une vue panoramique de l'endroit.

是啊，但是拍自拍的時候，我們看不到我在的拍攝地點，但是用iphone7，不但可以自拍，還可以看到拍攝地點的全景。

Tu peux prendre des photos de l'endroit et puis faire tes selfies avec ton iphone6, ça revient au même.

你可以用你的iphone6拍一些拍攝地點的照片再自拍，如此以來也是一樣。

Non, tu n'as pas remarqué que les photos de selfie sur les réseaux sociaux sont faites avec une vue panoramique? C'est la mode!

不一樣的，你沒注意到社群網絡上的自拍照現在都有拍到拍攝地點的全景嗎？現在很流行！

Ah d'accord, c'est une question de mode, c'est ça?

我了解了，因為要趕流行，對吧？

Exactement!

沒錯！

Expressions Utiles 好用句法

表示自己的看法： ○ MP3-34

我認為……＋直陳型態（indicatif）	我不認為……＋主觀型態（subjonctif）
1. Je pense que…	1. Je ne pense pas que…
2. Je crois que…	2. Je ne crois pas que…
3. Je trouve que…	3. Je ne trouve pas que…
4. J'ai l'impression que…	4. Je n'ai pas l'impression que…
5. Il me semble que…	5. Il ne me semble pas que…

同意／不同意對方看法： ○ MP3-35

同意的說法	不同意的說法
1. C'est ça. 沒錯，就是這樣。	1. Ce n'est pas du tout ça. 根本不是這樣。
2. Je suis d'accord. 我同意。	2. Je ne suis pas d'accord. 我不同意。
3. Tu as raison. / Vous‿avez raison. 你／您說的沒錯。	3. Tu as tort. / Vous‿avez tort. 你／您講的不對。
4. Tout‿à fait. 就是這樣。	4. Pas du tout. 不是的，根本就不是如此。
5. Je suis de ton‿avis. 我同意你的看法。	5. Je ne partage pas ton‿avis. 我不同意你的看法。

不完全同意對方看法： ○ MP3-36

1. Peut-être. 或許。

2. C'est possible. 有可能。

3. Ce n'est pas si sûr. 不見得真的是這樣。

4. Je n'en suis pas si sûr(e). 我不那麼肯定。

5. Je me demande si c'est vraiment le cas. 我自問是否真的是如此。

2 Négocier et convaincre 協商說服：

Si je demandais à quelqu'un de m'amener ma carte d'identité? 如果我請人幫我拿身分證來呢?

您在法國路上遇見警察臨檢，身上沒有身分證明文件，因此警察想要把您帶到警察局盤問。您必須試著說服警察讓您回家拿證件。

MP3-37

Contrôle d'identité, bonjour Madame, vos papiers, s'il vous plaît.
身份檢查，您好女士，您的身份文件，麻煩您。

D'accord, un instant, je cherche…
好的，等一下，我找找……

Mais ce n'est pas possible, j'ai oublié mon portefeuille à la maison! Ma carte d'identité est dedans.
不可能吧，我竟然把錢包留在家裡！我的身分證在裡面。

Vous n'avez pas d'autres documents qui vous permetteraient de certifier votre identité?

您身上沒有其他可以證明身分的文件嗎？

Non, je n'ai vraiment aucun papier avec moi…

沒有，我身上真的沒有任何文件……

Madame, je suis navré, mais vous devez me suivre au commissariat.

女士，很抱歉，但是您必須跟我到警察局一趟。

Oh non, je les‿ai à la maison, je vais vous les chercher maintenant!

不要啦，我家裡有這些文件，我現在就去拿來給您！

Non Madame, vous ne pouvez aller nulle part, venez avec moi au commissariat.

不行的女士，您不能離開這裡，跟隨我到警察局吧。

Non Monsieur l'agent, je vous jure que je les‿ai à la maison!

不要啦警察大人，我跟你發誓我家裡真的有這些文件！

Nous ne croyons pas sur parole, il faut des preuves.

我們不相信空口說白話，要有證據！

Si vous veniez avec moi à la maison, je pourrais vous montrer tous mes papiers.

Je n'habite pas loin d'ici, 10 minutes à pied.

如果您跟隨我到我家裡，我就可以給您看所有這類的文件。

我住在離這裡不遠，走路10分鐘。

Madame, pour des raisons de sécurité je ne peux pas vous suivre.
女士，基於安全理由我不能跟隨您。

Si je demandais à quelqu'un de m'amener ma carte d'identité?
如果我請人幫我拿身分證來呢？

Ça peut se faire, mais il peut venir tout de suite?
這樣可以，但是他可以馬上到嗎？

Oui, c'est mon colocataire, il est encore à la maison, je l'appelle tout de suite.
是的，我的室友他還在家裡，我馬上打電話給他。

Très bien, dites-lui de le faire vite, sinon il va vous retrouver au commissariat!
好的，告訴他動作快點，不然他就必須到警察局找您了。

Pas de problème, merci Monsieur l'agent.
沒問題，謝謝警察大人。

💡 **Expressions Utiles** 好用句法

否定說法： ◯ MP3-38

否定詞	例句
ne... pas 不／沒有……	Je n'ai pas mes papiers avec moi. 我身上沒有我的身分文件。
ne... jamais 從不	Je ne mens jamais. 我從來不説謊。
ne... plus 不再	Je ne veux plus parler. 我不想再説話了。
ne... rien 一點也沒有	Je n'ai rien à dire. 我沒什麼話好説的。
ne... personne 沒人	Il n'y a personne à la maison. 沒有人在家裡。
ne... aucun(e)＋名詞 沒任何……	Je n'ai aucune idée. 我沒有任何主意。（「不知道」的意思）
ne... nulle part 沒有任何地方	Je ne vais nulle part. 我哪裡都不去。

提議說法：Si＋動詞過去情境式時態 ◯ MP3-39

1. Si on allait au cinéma? 要不要去看電影？

2. Si nous prenions un café? 要不要一起喝杯咖啡？

3. Si je venais vous voir? 要不要我來去拜訪你們？

給予理由說法： ◯ MP3-40

理由用詞	例句
à cause de＋名詞 由於（負面的原因）	Elle ne se sent pas bien à cause d'une allergie aux pollens. 她身體不舒服因為花粉過敏症。
grâce à＋名詞 多虧（正面的原因）	J'ai réussi l'examen grâce à ton aide. 多虧你的幫忙我通過考試了。
en raison de＋名詞 基於……理由	Il n'est pas parti en vacances en raison d'un manque d'argent. 他沒去度假因為缺錢的關係。
comme＋直陳句子 因為／正值（某現象／狀態，置於句首）	Comme il fait beau, on va faire un pique-nique au parc. 因為天氣好，我們要去公園野餐。
puisque＋直陳句子 因為（某原因）	Puisqu'il n'est pas disponible, je vais sortir tout seul. 因為他沒空，我只好自己獨自一人出門了。
parce que＋直陳句子 因為（某原因，用來回答 Pourquoi問句）	Elle est en retard parce qu'elle a raté son train. 她遲到因為她錯過了她的那班車。
car＋直陳句子 因為（某原因，像parce que，但是比較正式，也用於書寫）	La route est fermée car il y a eu un accident il y a 1 heure. 道路封閉因為1小時前發生意外。

A bon chat, bon rat.

好貓值得好老鼠。（棋逢對手）

Apaiser les émotions 安撫情緒：

Ce n'est pas évident mais c'est possible. 不容易但是是辦得到的。

您試著安撫一位因為工作不順利而沮喪的好朋友。

MP3-41

 Qu'est-ce qui se passe? Tu n'as pas l'air content.
發生什麼事了？你看起來不高興。

 Je suis contrarié.
我不開心。

 Pourquoi?
為什麼？

Tu te rappelles que je t'avais dit que j'allais peut-être avoir une promotion dans mon travail en fin d'année.

妳記得我跟妳說過，我可能今年年底會升官。

Oui, je m'en rappelle bien, tu étais tout content.

是啊，我記得很清楚，你當時很開心。

Mais je viens de perdre un grand client, c'est fichu pour la promotion.

我剛剛丟了一個大客戶，升遷毀了。

C'est ça qui te rend triste?

就這個原因讓你難過？

Oui, il représente à peu près un quart de mon chiffre d'affaire de l'année.

是啊，他占了我年度業績的四分之一。

On‿est en‿août, il te reste encore plusieurs mois pour booster le chiffre d'affaire.

我們現在才八月，你還有好幾個月的時間為業績加把勁。

Je sais, mais pas facile de le faire, il faut trouver un‿autre grand client ou vendre plus de produits pour atteindre les‿objectifs.

我知道，只是不容易做到，要達到業績目標必須找到另一個大客戶或是賣出更多產品。

Ce n'est pas évident mais c'est possible. Là tu perds un client, peut-être tu vas en gagner un‿autre plus‿important dans quelques jours, on ne sais jamais ce que nous réserve la vie.

不容易但是是辦得到的。現在你失去一位客戶，或許幾天後你會有一個更大的客戶出現，人生有很多是很難預料的。

J'espère que ça sera vraiment le cas.

希望真的會是這樣。

Ne t'inquiète pas, il faut garder confiance en soi, je sais que tu finiras par y arriver!

別擔心，要對自己有信心，我相信你最後一定可以達成目標的。

Merci pour ton soutien, c'est gentil.

謝謝妳的鼓勵，真好。

De rien, je dis ça parce que je te connais bien ! Ça te dirait d'aller voir une expo photo?

不客氣，我這麼說因為我很了解你啊！你想不想去看一個照片展覽？

Oui, ça va me changer un peu les‿idées.

好啊，可以換個心情。

Expressions Utiles 好用句法

情緒表達 ◯ MP3-42

être＋情感形容詞＝很……

➢ Je suis contrarié.
我不開心。

avoir l'air＋情感形容詞＝看起來……

➢ Tu as l'air contrarié.
你看起來不開心。

rendre＋人＋形容詞＝讓人……

➢ Les encouragements de sa femme le rendent plus motivé qu'avant.
他太太的鼓勵讓他比以前更有動力。

！！注意！！

「rendre＋人＋形容詞」語法中的形容詞，如果具有對應的動詞時，通常不會使用這個語法，而直接使用該對應的動詞陳述。

例如：不說 Ce film me rend endormi.

會說 Ce film m'endort.

因為「endormi」對應動詞是「endormir」。

常用情感形容詞　MP3-43

正面情緒	負面情緒
joyeux（欣喜的）	déprimé（憂鬱的）
zen（禪定）	furieux（氣急敗壞的）
exalté（樂不可支的）	angoissé（擔憂的）
rassuré（安心的）	choqué（受到驚嚇的）
enthousiaste（有熱情的）	déçu（失望的）

安撫情緒用句　◉MP3-44

1. Calme-toi / Calmez-vous. 冷靜。

2. Ne t'inquiète pas / Ne vous‿inquiétez pas. 別擔心。

3. Tout va bien se passer. 事情會變好的。

4. Tout‿ira bien. 事情會往好的方向發展。

5. Je suis là pour t'aider / vous‿aider. 我在這裡可以幫你 / 您。

6. Je suis là pour t'écouter / vous‿écouter. 我在這裡聽你 / 您說。

L'habit ne fait pas le moine.

不是穿上修道服就是修道士。（不可以貌取人）

Justifier et expliquer 說明澄清：

Comme j'étais occupée ce jour-là, cela ne m'est pas venu à l'esprit de l'essayer. 我那一天很忙，根本沒想到要試用。

您為了下個星期的旅行買了一個輕便型吹風機。兩天後心血來潮試用了一下，但是即便插上電了，吹風機仍舊無法使用，您拿到商店退貨並解釋情況。

MP3-45

Bonjour, je suis venue pour changer ce sèche-cheveux que j'ai acheté ici il y a 3 jours.
您好，我來換3天前在這裡買的吹風機。

Pour quelle raison voulez-vous le changer?
為了什麼原因您要換呢？

Parce qu'il ne fonctionne pas!
因為它壞了！

Il ne fonctionne pas!? Vous voulez dire qu'il fonctionne mal?

壞了！？您是要說它運作不良吧？

Non, je vous_explique. Hier, au début je l'ai branché dans la prise de la salle de bain, comme il ne s'est rien passé alors j'ai changé de prise pour voir, d'abord celles de la cuisine, ensuite celles de la chambre, mais toujours rien.

不是的，我跟您解釋。昨天，我把它插在浴室的插頭上，但是沒有任何反應，接著我換了插頭看看，一開始試廚房的插頭，後來房間裡的，但是都沒任何反應。

Vous l'avez fait tomber ou cogné violemment avant de l'utiliser?

您在使用前有摔到它或是很大力地撞到它嗎？

Non, il est resté dans ma valise depuis mon_achat, vous pouvez l'examiner, il est_intact.

沒有，自從買了它就一直在我的行李箱裡，您可以檢查，它可是完好無缺的。

D'accord. Pourquoi vous n'êtes pas revenue le jour même ou le lendemain de cet achat?

好的。您為什麼買了的那一天或是隔天沒有馬上來換呢？

Comme j'étais_occupée ce jour-là, cela ne m'est pas venu à l'esprit de l'essayer, mais hier en faisant ma valise, je l'ai vu et j'ai voulu le tester.

我那一天很忙，根本沒想到要試用，但是昨天在整理行李箱的時候，看到它在裡面，想說試試看。

Très bien, nous_allons regarder ensemble.

(après vérification) Effectivement, il n'y a aucune réaction.

好的，我們一起看看。

（試用後）的確，它沒有任何反應。

Vous voyez, c'est exactement ce que je vous‿ai dit.
您看，就像我跟您說的。

Vous‿avez la facture de cet appareil?
您有帶這個設備的收據嗎？

Oui, je vous la donne.
有的，我拿給你。

Je vais vous l'échanger. Vous voulez le même modèle, la même couleur...?
我會換一個新的給您，您要同樣的款式、同樣的顏色嗎？

Oui de préférence, merci. Je peux vérifier s'il fonctionne bien avant de l'amener chez moi?
可以的話最好是一樣的，謝謝。我可以在帶回家前先在這裡確認是不是可以用嗎？

Pas de souci!
當然沒問題！

Expressions Utiles 好用句法

解釋用語： ◯ MP3-46

1. Je vous‿explique‿/ indique / montre. 我向您說明。

2. Je m'explique. 我說明清楚。

3. Je voudrais dire... 我想說的是……

4. Cela veut dire... 這要說的是……

5. C'est-à-dire. / Autrement dit. 也就是說。

6. Vous me comprenez? 您懂我的意思嗎？

7. Vous me suivez? 到這裡您清楚我的意思嗎？

順序陳述： ◯ MP3-47

最初	接續	結尾
au début	(et) puis, après	à la fin
d'abord	ensuite	enfin
pour commencer	pour continuer	pour finir
premièrement	deuxièmement	finalement

➤ Quand je fais un‿exposé en public, <u>au début</u> j'ai le trac, <u>et puis</u> petit‿à petit je me sens mieux, <u>à la fin</u> je suis complètement détendu devant les gens.

當我在眾人面前做簡報的時候，剛開始我會怯場緊張，接著慢慢地會覺得越來越好，到最後在人們面前我就變得很自在。

Demander de l'aide 尋求幫助：

Je voudrais vous demander d'appeler Monsieur Legrand si cela ne vous dérange pas.
我在想是否可以請您幫忙打電話給勒葛洪先生。

您到法國旅行透過民宿網站居住在當地人的家中。過兩天出門，回家
的時候發現鑰匙和手機都忘在家裡，您在大門口等待請求鄰居幫忙。

MP3-48

 Bonjour madame.
您好，女士。

 Bonjour, je ne vous‿avais jamais vu avant, vous‿habitez ici?
您好，我之前沒看過您，您住這裡？

 Je viens d'arriver il y a 3 jours, je loue l'appartement de Monsieur
Legrand au 3ᵉ étage.
我3天前剛到，我租了勒葛洪先生3樓的公寓。

D'accord, c'est vrai que lui, il loue son_appartement ici, mais pourquoi vous ne rentrez pas, vous_attendez quelqu'un?

瞭解，沒錯，他將這裡的公寓出租，但是您為什麼不進去，在等人嗎？

Pas vraiment, je suis devant la porte car j'ai oublié mes clés à l'intérieur ce matin quand je suis parti , j'attends donc qu'un gentil voisin m'ouvre la porte...

不算是，我在門外是因為今天早上出門的時候我把鑰匙忘在裡面了，我等著一位好心的鄰居幫我開門……

C'est moi alors, la gentille.

那就是我啦，好心的鄰居。

Oui, tout_à fait! merci Madame…?

是啊，沒錯，謝謝您女士……？

Madame Lebon.

樂邦女士。

Moi, je m'appelle Luca Pan, je suis taïwanais, enchanté.

我叫盧卡潘，台灣人，幸會。

Enchantée, mais comment vous_allez rentrer dans l'appartement si vous n'avez pas de clés?

幸會，如果您沒鑰匙的話那您怎麼進入公寓？

Justement, je voudrais vous demander d'appeler Monsieur Legrand si cela ne vous dérange pas.

說到重點啦，我在想是否可以請您幫忙打電話給勒葛洪先生，如果不麻煩您的話。

Pas du tout, vous n'avez pas de portable?

一點都不麻煩，您沒有手機嗎？

Si, j'en ai un mais il est resté avec mes clés dans l'appartement malheureusement.

有的，有一個，但是很不幸地它跟鑰匙都留在公寓裡。

C'est pour ça que vous me demandez ce service... pas de problème ! Je crois que j'ai son numéro de téléphone dans mon portable, je vérifie… le voilà!

就是因為這樣您請我幫您這個忙，沒問題的。我想我手機裡應該有他的電話，我看看……找到了！

Super, merci Madame Lebon.

太好了，謝謝您樂邦女士。

Il n'y a pas de quoi, j'appelle Monsieur Legrand tout de suite. Je vais lui expliquer votre situation, il va vous aider, ne vous inquiétez pas.

沒什麼大不了的，我馬上打電話給勒葛洪先生，我會跟他解釋您的情況，他會給您解決的方法，別擔心。

Vous êtes vraiment très gentille!

您人真的是非常好！

Expressions Utiles 好用句法

一般求助： MP3-49

1. Pourriez-vous téléphoner à Monsieur Legrand de ma part, s'il vous plaît?
   您是否可以替我打電話給勒葛洪先生，麻煩您？

2. Vous voulez bien m'ouvrir la porte, s'il vous plaît?
   您可以幫我開門嗎，麻煩您？

3. Excusez-moi, madame / monsieur, auriez-vous la gentillesse de m'aider à monter la valise?
   好意思，女士／先生，您是否可以幫我把行李搬上去呢？

4. Je m'excuse de vous déranger, mais est-ce que vous pourriez déplacer votre sac de la chaise?
   不好意思打擾您，您是否可以把您的包包從椅子上移開呢？

5. Cela me gêne de vous demander ceci mais auriez-vous la gentillesse de descendre la valise bleue?
   我很不好意思地請求您這件事，您是否可以把藍色行李箱給拿下來呢？

緊急求助： MP3-50

1. Au secours! 救命！

2. Aidez-moi! 幫我！

感謝語： MP3-50

1. Je vous remercie infiniment. 我很感謝您。

2. Je vous remercie de tout mon cœur. 我由衷的感謝。

3. Je vous remercie de m'avoir aidé. 感謝您幫了我。

4. Je vous remercie pour votre aide. 感謝您的幫助。

6 Réclamer un remboursement 要求賠償：

J'aimerais que vous me le remboursiez. 我希望您們可以退費。

> 您到速食店吃飯，用餐時發現漢堡中有一隻果蠅，您將漢堡和果蠅拿給櫃檯服務員看，並要求要退費。

MP3-51

Bonjour madame, qu'est-ce que je peux faire pour vous?
女士您好，我可以為您做什麼嗎？

Bonjour monsieur, vous voulez bien regarder ce hamburger que je viens de commander?
您好先生，您可以好好地看一下這個我剛點的漢堡嗎？

D'accord, il y a un problème?
好的，有問題嗎？

Oui, vous ne voyez pas qu'il y a un moucheron au centre du steak haché?

是的，您沒看到有一隻果蠅在肉排中間嗎？

Ah bon, je ne le vois pas.

哦，我沒看到。

Regardez bien, au centre il y a un gros point noir qui n'est pas du poivre.

仔細看，就在中間有一個不是胡椒的大黑點。

Ah là je le vois, je suis désolé, je vous donne un‿autre hamburger tout de suite.

這下子我看到了，很抱歉，我馬上幫您換一個漢堡。

Non, pas la peine, je n'ai plus d'appétit, en revanche, j'aimerais que vous me le remboursiez.

不用了，別麻煩了，我已經沒胃口了，可是我希望您們可以退費。

Pour le remboursement, ce n'est pas moi qui peux décider, par contre si vous voulez un‿autre produit équivalent je le ferai avec plaisir.

退費的話，我沒辦法做決定，但是如果您想要換另外同價位的產品，我可以很樂意地換給你。

Non non non, je ne veux plus vos produits, je voudrais simplement que vous me rendiez mon‿argent.

不不不，我不再想要任何您們的產品，我只想您們退我錢。

Puisque vous‿insistez, je vais devoir parler avec mon responsable, pourriez-vous m'accorder une petite minute s'il vous plaît?

既然您這麼堅持，我必須去找我的主管談談，您可以給我幾分鐘嗎？

Pas de problème je vous‿attends.
沒問題，我等您。

（quelques minutes plus tard... 幾分鐘後⋯⋯）

Madame, le responsable est d'accord pour vous rembourser votre hamburger.
女士，主管同意退還您漢堡的費用。

Enfin!
終於！

Il n'y a pas que ça, pour vous présenter nos‿excuses, nous vous‿offrons aussi ce bon d'achat que vous pouvez utiliser dans n'importe quel magasin de notre chaine, valable toute l'année.
不只有這個而已，為表示我們的歉意，我們將會送給你這個折價券，你可以任何一家我們的連鎖店消費，全年有效。

Merci pour ce cadeau. Franchement, vous devriez faire plus attention aux conditions sanitaires et éviter que ce genre de problème se reproduise, cela nuit beaucoup à votre réputation.
謝謝這個禮物。說真的，您們應該要多注意衛生條件避免這類情況發生，這對您們的名聲不利。

Expressions Utiles 好用句法

請求賠償： MP3-52

1. J'aimerais que vous me remboursiez ce produit.
   我希望您可以補償這個產品。

2. Je vous demande de bien vouloir me rembourser la facture réglée.
   我請您補償已經支付的賬單費用。

3. Je vous demande un remboursement du produit abimé / défectueux.
   我要求這個受損／不良產品的補償。

表示歉意： MP3-53

1. Excusez-moi. / Pardonnez-moi. / Je m'excuse.
   我很抱歉。

2. Nous vous présentons toutes nos‿excuses pour ce désagrément.
   為了這個不便之處，我們向您表達歉意。

3. Je tiens à vous présenter mes‿excuses pour ce comportement déplacé.
   我堅持為我不當的行為向您致上歉意。

Ne⋯ que 只有⋯⋯： MP3-54

1. Il n'y a pas que le travail dans la vie.
   人生不是只有工作。

2. Vous n'avez qu'à demander un remboursement des frais de santé.
   您只需要求健康費用的補償。

3. Je n'aime que toi.
   我只愛你。

Non seulement⋯ mais aussi / mais en plus 不僅⋯⋯還⋯⋯ MP3-55

1. Vous‿aurez non seulement le remboursement du produit, mais aussi un bon d'achat du magasin.
   您不僅會獲得商品的補償，還有一個商店的禮券。

2. Non seulement elle est jolie, mais en plus elle est gentille.
   她不但漂亮，而且很善良。

3. Cette décision non seulement me concerne, mais aussi ma famille.
   這個決定不是只跟我有關，跟我的家人也有關。

Language SMS et Internet 簡訊短語

隨著科技進步，從開始的手機簡訊，到今日網路即時通訊與通訊軟體的興盛。早期因簡訊按照訊息則數計費，而發展出縮寫字和簡語讓訊息能以最少的字數將意思傳達出去；雖然，現今的即時通訊軟體沒有則數的限制，在追求即時快速的原則下，原本簡訊短語不僅保留下來，甚至有更蓬勃發展的趨勢。

簡訊短語中有些採法語字彙的音，用最簡單的字母或數字結合表達，稱「字音簡語」，如：koi 2 9＝quoi de neuf（有什麼新鮮事）；有些是採用法語字彙中的幾個字母表達完整單字，稱「字母簡語」，如：slt＝salut（你好）；其中也有一些直接英文字取代，如：today＝aujourd'hui（今天）；另一類的就是所謂火星文（符號表達某些語句），如：lol＝c'est drôle（好好笑！）

！！簡訊短語不適合在正式場合或是與長輩談話時使用！！

・常見的字母簡語

正規法語	中文意思	簡訊短語
je t'adore	我超喜歡妳／你	jtdr
c'est-à-dire	也就是説	cad
toujours	總是	tjr
quelque chose	某件事	qch
quelqu'un	某人	qqn / qq1
pourquoi	為什麼	pq
s'il te plaît	麻煩你	stp
quand	什麼時候／當	qd
rendez-vous	約會	rdv
mort de rire	笑死了	mdr

· 常見的字音簡語

正規法語	中文意思	簡訊短語
Elle	她	L
aime	喜歡	M
c'est	是	C
j'ai	我有	G
de	的	2
des	一些	D
je viens de	我剛剛做了	je vi1 2
demain	明天	2m1
occupé	忙的	OQP
j'ai acheté	我買了	GHT

➤常見法語火星文

正規法語	中文意思	簡訊短語
à	在	@
à plus tard	晚點見	@＋ / ++ / a+
c'est drôle	好好笑	lol
oh mon dieu	我的天啦	omg
parce que	因為	coz / cuz
cœur	心	<3
cœur brisé	心碎	</3
crois	相信	x
oh	喔	ô
bisous-câlin	親親抱抱	xoxo

Unité 3

Faire un exposé
簡報篇

Comment faire un exposé oral
如何做口頭簡報

　　一般口頭簡報的時間通常不長，在法文檢定中的口試的發表時間更是有限，從B1的5～10分鐘針對主題進行意見表達（exprimer un point de vue）到B2的15～20分鐘的主題意見表達並申論（argumenter et défendre un point de vue）。短時間內必須讓聽眾知道你想要討論的主題，明白你的看法，讓簡報之後的討論能夠順利進行，因此簡報的架構非常重要。

註1：法語檢定口試內容
　　　A1程度：（1）自我介紹（1～2分鐘）（2）向考官提問（2分鐘）
　　　　　　　（3）購物對話模擬（2分鐘）→（2）＋（3）共10分鐘準備時間。
　　　A2程度：（1）自我介紹（1～2分鐘）（2）個人經驗的問答（2分鐘）
　　　　　　　（3）各類情境模擬（3～4分鐘）→（2）＋（3）共10分鐘準備時間。
　　　B1程度：（1）自我介紹（2～3分鐘）（2）解決問題式情境模擬（3～4分鐘）
　　　　　　　（3）主題意見表達（發表5～7分鐘）→只有（3）可以有10分鐘的準備時間。
　　　B2程度：主題意見表達採取立場並申論（發表5～20分鐘）→30分鐘的準備時間。

註2：法語A1、A2的檢定口試中雖然沒有簡報項目，不需要打草稿，但是簡報禮儀還是必須注意。

　　想讓口頭簡報順利進行的話，就必須注意下列幾個要點：

1. 保持禮貌

　　★ 進場做簡報時別忘了先向在場聽眾問好：

➢ Bonjour monsieur 您好，先生（聽眾只有一位男士）

➢ Bonjour madame 您好，女士（聽眾只有一位女士）

➢ Bonjour messieurs 您好，先生們（聽眾全為男士）

➢ Bonjour mesdames 您好，女士們（聽眾全為女士）

➢ Bonjour messieurs dames 您好，先生們、女士們
　（如果聽眾有男有女，即便群體中只有一位男生或是一位女生）

➢ Bonjour mesdames et messieurs 您好，女士們、先生們
（如果聽眾有男有女，即便群體中只有一位男生或是一位女生）

★ 簡報結束後別忘了向在的場聽眾致謝並讓他們提問：

➢ Je vous remercie pour votre attention, n'hésitez pas si vous avez des questions.
謝謝您的聆聽，如果有問題的話別客氣請提出來。

★ 離場前記得向聽眾道別：

➢ Merci (et), au revoir. 謝謝，再見。

★ 正式簡報必須以Vous（您）和聽眾相稱，採用的詞語保持正式，不要用過於通俗
或是流行的字眼。

★ 進行簡報態度儘量自然，可以配合手勢讓簡報生動些。

★ 衣著禮貌也不可輕忽，即便是學生教授間的面談，稍微正式端莊的衣著還是必須
的，避免穿著迷你裙、短褲、T恤、拖鞋、球鞋。

2. 眼神接觸

向聽眾問好、再見及進行簡報或回答問題時，眼睛注視著聽眾或是講話的人是
非常重要的細節。

3. 說話語調

講話時注意音量，輕聲細語或是大聲講話在這時候都不適用，請用讓對方聽得
到您說話的音量即可。講話的速度也不可過快或過慢，必須讓對方聽得清楚您說的
每個字。當然法文發音的正確性與語調是否悅耳都是重要關鍵。

4. 簡報的清楚性

不論那一類主題的簡報，都一定具備：引言、主體、結論3部分。

★ 引言：可以藉由手邊資料（檢定考中的主題）來源或是社會現象帶出，並告訴聽
眾您將如何呈現這個簡報。

★ 主體：針對主題表達您的看法，舉例說明或是提出證據強化您的論點。

★ 結論：以幾句話對主體總結，回應引言部分或是延伸出另一個問題。

5. 連接詞／轉折詞／關係詞的使用

利用的連接詞讓聽眾明白簡報的先後循序，例如：D'abord、ensuite、enfin。

轉折詞，例如：mais、par contre、alors，和關係詞，例如：et、encore、aussi彰顯句子間關連。

6. 用字遣詞

★ 簡報是一種正式報告，所以用字遣詞必須中規中矩，避免使用通俗或流行語。

★ 簡報中盡量避免重複使用同一個字彙，例如：一直使用mais 表示但是或是相反的意思。

★ 上一句才提過的人事物，接著說的句子最好使用代名詞，例如：le / la / les；lui / leur；eux。

★ 如果想陳述的事物不知道同等的法文字彙，不要執著一定要找出相同的字彙或是用英文取代，請使用自己能夠掌握的簡單字彙表達想要傳遞的意思即可。對字彙的意思如果不清楚，切勿使用避免弄巧成拙。

7. 時間掌控

即席發揮的簡報，掌握在準備時間內理出簡報大綱。遵守簡報時間，不可太短或太長。

8. 簡報大綱

利用手邊空白紙張，列出簡報大綱以及重要關鍵字提醒自己即可，不要花時間寫冗長句子或是在簡報時緊盯著小抄看。

Quand le chat n'est pas là, les souris dansent.

貓不在，老鼠跳舞。（老虎不在，猴子稱王）

2 Phrases utiles
實用句法

Introduction 引言部分

1. 帶出主題 MP3-56

➢ Je voudrais vous parler de…
我想跟您們談談……

➢ Je vais aborder la question de…
我將會討論……問題

➢ Le sujet de mon‿exposé est …
我的簡報主體是……

2. 簡報大綱 MP3-57

➢ Dans cet exposé, il y aura … partie(s), je m'intéresserai d'abord à…
puis à… et enfin à…
這個簡報將有……部分，首先談論……接著……最後……

➢ Dans mon‿exposé, je commencerai par aborder …,
après je continuerai avec / sur… pour terminer je conclurai par / sur…
我的簡報裡，首先我會談論……然後我緊接著……最後我會以……作結尾。

➢ Mon‿exposé portera dans‿un premier temps sur… ensuite j'aborderai la
question de… pour finir je parlerai de…
我的簡報一開始會針對……接著討論……問題，最後會談到……。

🔦 Développement 主體部分

1. 表達看法： 🔵MP3-58

> Selon moi, d'après moi, à mon‿avis, pour moi
>
> 就我而言，

> Je pense que… , je crois que…
>
> 我認為……

> Je suis d'accord avec… , je partage l'avis de…
>
> 我同意……

2. 舉例說明： 🔵MP3-59

> Je vous présente un‿exemple.
>
> 我舉個例子給您們。

> Prenons l'exemple de…
>
> 拿……例子來說。

> Voilà un‿exemple pour…
>
> 這裡一個例子用來説明……

3. 並列陳述： 🔵MP3-60

> D'une part … , d'autre part…
>
> 一部分……另一部分……

> D'un côté… d'un‿autre côté…
>
> 一方面……另一方面……

> Non seulement … mais aussi…
>
> 不僅……而且……

4. **彰顯對比：** MP3-61

mais（但是）、cependant（然而）、pourtant（可是）、alors（那麼）、 en revanche（相反地）、par contre（不過）、au contraire（相反地）、à l'inverse（相反的）

Conclusion 結論部分

表達看法： MP3-62

➢ Pour conclure, on peut dire que…

總之，我們可以說……

➢ Finalement, nous pouvons constater que…

最後，我們可以看到……

➢ Je voudrais terminer par un proverbe / une citation…

我想要以諺語 / 引言作為結尾。

On n'apprend pas aux vieux singes à faire des grimaces.

我們不教老猴子做鬼臉。（經驗老道不需要給建議）

Langage des jeunes 年輕人用語

從Verlan逆轉字，SMS簡語，不難發現法語也跟時尚一樣，流行性非常強烈。進入網路世紀，資訊流通得更快速，各國文化交流更頻繁，為了於成人世界區隔，年輕世代發揮了前所未有的創意，融合了許多元素創造出自己一套流行密語，祕密與趣味的程度不但讓長輩們摸不著頭緒，甚至不少媒體也相繼討論這套有趣的語言。

試著聽聽看法國青少年們的談話，會發現以下幾個流行的表達語時常出現。

！！流行用語不適合在正式場合或是與長輩談話時使用！！ ◯MP3-63

1. Avoir le bon ice＝avoir un bon look（打扮得很時髦、很好看）

「ice」來自英文，流行語截取「新鮮、入時」的意思採用。

流行酷句 1

➤ Tu as trop bon ice avec cette veste!
你穿這件外套看起來超時髦的！

2. C'est proche＝C'est nul（很差勁、遜弊了）

來自於魁北克的表達語，表示很糟的意思，正規法語意思完全不同。

流行酷句 2

➤ C'est trop proche de ne pas avoir l'iphone7.
沒有iphone7真的是遜弊了。

3. Ça bécave＝Ça déchire＝C'est génial（棒極了）

　　來源不明。

流行酷句 3

➢ Je pars en‿Angleterre cet été, ça bécave!

我這個夏天要去英國，棒極了！

4. C'est calé＝C'est trop cool（太酷了）

　　「calé」在正規法語中的意思與流行法語中的意思完全不相干，青少年流行語
中代表「酷」的意思。

流行酷句 4

➢ C'est trop calé d'être en vacances.

度假真是酷斃了。

5. Crari＝faire semblant（假裝）

　　「crari」來自羅曼語，意指假裝。

流行酷句 5

➢ Mon père fait crari d'être cool.

我爸爸假裝很酷。

6. Garder la schweppes＝garder la forme.（**保持好精神**）

　　取名知名汽泡飲料「Schewppes」，但是與廣告本身沒有多大關聯，意指神清氣爽。

流行酷句 6

➤ Faut pas déprimer, garde la schweppes mec!

夥伴，不要沮喪了，要保持好精神！

7. Avoir le seum＝être énervé（**生氣**）

　　「seum」由阿拉伯文中的毒液而來，意思因失望或不滿而生氣。

流行酷句 7

➤ J'ai le seum, j'ai raté mon train.

我很生氣錯過了我的火車。

8. Avoir le swag＝être stylé（**穿著或是態度有型**）

　　源自英文中的「swagger」，16世紀時莎士比亞曾經引用意指自豪愛現，現代流行法語中也採用這個意思。

流行酷句 8

➤ Avoir le swag, ce n'est pas seulement une façon de s'habiller.

要有型不單單只是會穿衣服而已。

9. C'est la hass＝C'est trop la galère（**處於困境中，很慘**）

源自於阿拉伯文「hass」意指困難或問題。

流行酷句 9

➤ Sans Internet c'est trop la hass.

沒網路真是慘爆了。

10. Être en mode popcorn F5＝attendre la réaction de ses‿amis
（等待社群網絡上朋友們的回應）

「popcorn」意指等待在螢幕前，F5是鍵盤上的按鍵用來更新網頁，因此「popcorn
F5」成為在螢幕前等待社群網絡上朋友們的回應。

流行酷句 10

➤ J'ai posté une photo de moi sur Internet, mes‿amis ne l'ont pas encore vue, je
suis en mode popcorn F5.

我在網路上貼了一張我的照片，我朋友們都還沒看到，我還在等他們的回應。

Annexe
附錄

動詞變化特性

動詞變化特性

　　法語動詞共可分3類：「er」結尾的規則動詞屬於第一類，「ir」結尾的規則動詞屬於第二類，不屬於第一類或第二類的不規則動詞則屬於第三類。

　　每個動詞各自有7個模式：直陳式（Indicatif），主觀式（Subjonctif），條件式（Conditionnel），命令式（Impératif），原形式（Infinitif），分詞式（Participe），副動詞式（Gérondif）。

　　其中會依據主詞人稱變化的模式有4種：直陳式（Indicatif），主觀式（Subjonctif），條件式（Conditionnel），命令式（Impératif）。

　　無主詞人稱變化的模式有3種：原形式（Infinitif），分詞式（Participe），副動詞式（Gérondif）。

　　每個模式都俱有現在（présent）與過去（passé）時態，唯獨直陳式另外還有未來（futur）時態。

依據主詞人稱變化的動詞模式　　無主詞人稱變化的動詞模式

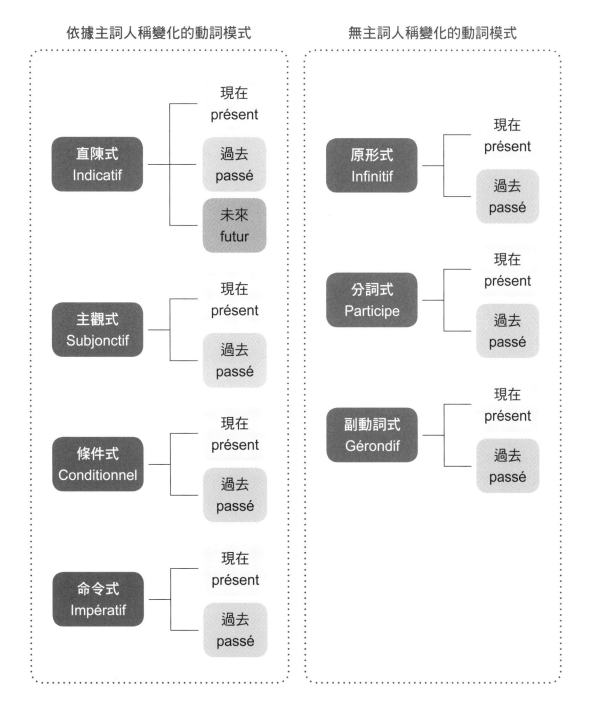

每個動詞的在不同模式的變化彼此息息相關，一旦掌握這些主要關聯，熟記動詞變化就簡單許多，以下針對常用時態一一介紹。

 ## 直陳式（Indicatif）

助動詞用「avoir」或「être」取決於動詞的特性。移動動詞與反身動詞的助動詞用「être」，其他的動詞則使用「avoir」。

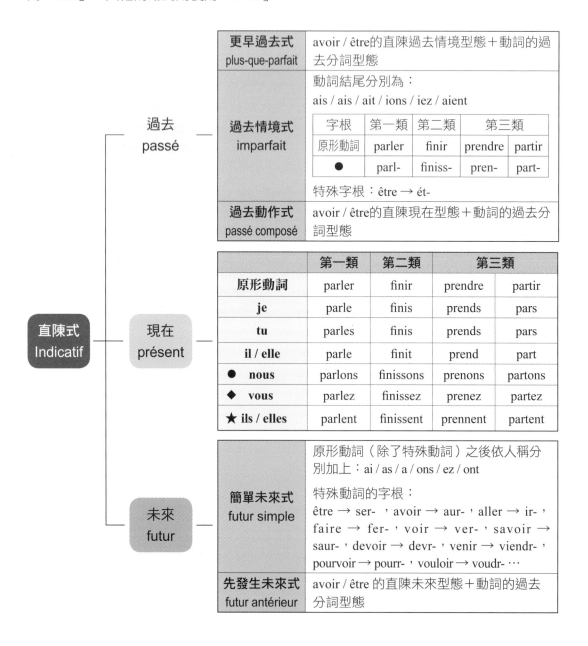

過去 passé	更早過去式 plus-que-parfait	avoir / être的直陳過去情境型態＋動詞的過去分詞型態
	過去情境式 imparfait	動詞結尾分別為： ais / ais / ait / ions / iez / aient
	過去動作式 passé composé	avoir / être的直陳現在型態＋動詞的過去分詞型態

過去情境式內表格：

字根	第一類	第二類	第三類	
原形動詞	parler	finir	prendre	partir
●	parl-	finiss-	pren-	part-

特殊字根：être → ét-

直陳式 Indicatif — **現在 présent**

	第一類	第二類	第三類	
原形動詞	parler	finir	prendre	partir
je	parle	finis	prends	pars
tu	parles	finis	prends	pars
il / elle	parle	finit	prend	part
● **nous**	parlons	finissons	prenons	partons
◆ **vous**	parlez	finissez	prenez	partez
★ **ils / elles**	parlent	finissent	prennent	partent

未來 futur

簡單未來式 futur simple	原形動詞（除了特殊動詞）之後依人稱分別加上：ai / as / a / ons / ez / ont 特殊動詞的字根： être → ser- ，avoir → aur- ，aller → ir- ，faire → fer- ，voir → ver- ，savoir → saur- ，devoir → devr- ，venir → viendr- ，pourvoir → pourr- ，vouloir → voudr- …
先發生未來式 futur antérieur	avoir / être 的直陳未來型態＋動詞的過去分詞型態

主觀式（Subjonctif）

助動詞用「avoir」或「être」取決於動詞的特性。移動動詞與反身動詞的助動詞用「être」，其他的動詞則使用「avoir」。

主觀式
Subjonctif

過去
passé ── avoir / être的直陳過去情境型態＋動詞的過去分詞型態

現在
présent ──

動詞結尾分別為：
e / es / e / ions / iez / ent

字根	第一類	第二類	第三類	
原形動詞	parler	finir	prendre	partir
★	parl-	finiss-	prenn-	part-

特殊變化：être → sois，sois，soit，soyons，soyez，soient
　　　　　avoir → aie，aies，aie，ayons，ayez, aient
　　　　　aller → aille，aille，aille，allions，alliez，aillent
　　　　　vouloir → veuille，veuilles，veuille，
　　　　　　　　　　voulions，vouliez，veuillent
　　　　　faire → fass-，savoir → sach-，
　　　　　pouvoir → puisse- …

條件式（Conditionnel）

助動詞用「avoir」或「être」取決於動詞的特性。移動動詞與反身動詞的助動詞用「être」，其他的動詞則使用「avoir」。

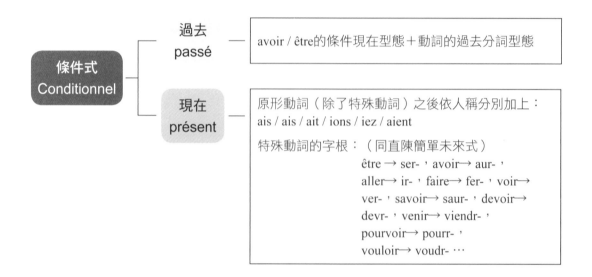

 ## 命令式（Impératif）

助動詞用「avoir」或「être」取決於動詞的特性。移動動詞與反身動詞的助動詞用「être」，其他的動詞則使用「avoir」。

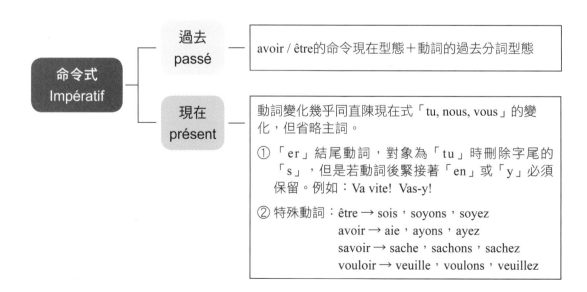

💡 分詞式（**Participle**）

	常見過去分詞字尾		常見動詞
過去 passé	第一類	é	parler → parlé
	第二類	i	finir → fini
	第三類	i	sorti → sorti
		u	lire → lu
			voir → vu
			boire → bu
			entendre → entendu
			vouloir → voulu
			devoir → dû
			pouvoir → pu
			savoir → su
			venir → venu
			plaire → plu
			pleuvoir → plu
			vivre → vécu
			connaître → connu
		is	prendre → pris
			mettre → mis
		it	dire → dit
			écrire → écrit
			conduire → conduit
		ert	ouvrir → ouvert
			découvrir → découvert
		特殊	faire → fait
			être → été
			avoir → eu

分詞式 Participle

現在 présent

動詞以「ant」結尾。大部份動詞取直陳現在式「vous的動詞字根＋ant」

字根	第一類	第二類	第三類	
原形動詞	parler	finir	prendre	partir
★	parl-	finiss-	pren-	part-

例外：être → étant，avoir → ayant，faire → faisant，savoir → sachant，dire→disant，avancer→avançant（cer結尾動詞），manger→mangeant（ger結尾動詞）

副動詞式（**Gérondif**）

助動詞用「avoir」或「être」取決於動詞的特性。移動動詞與反身動詞的助動詞用「être」，其他的動詞則使用「avoir」。

 ## 原形式（**Infinitif**）

助動詞用「avoir」或「être」取決於動詞的特性。移動動詞與反身動詞的助動詞用「être」，其他的動詞則使用「avoir」。

Si jeunesse savait, si vieillesse pouvait.

如果年輕人早知道，如果老年人做得到。（意指：年輕人缺乏經驗，老年人缺乏體力。）

國家圖書館出版品預行編目資料

我的第二堂法語課 新版 / Mandy HSIEH（謝孟渝）、
Christophe LEMIEUX-BOUDON著
-- 修訂初版 -- 臺北市：瑞蘭國際，2024.04
128面；19×26公分 --（外語學習系列；129）
ISBN：978-626-7274-95-8（平裝）
1. CST：法語 2. CST：讀本

804.58　　　　　　　　　　113002862

外語學習系列 129

連法國教授都說讚
我的第二堂法語課 新版

作者｜Mandy HSIEH（謝孟渝）、Christophe LEMIEUX-BOUDON
責任編輯｜潘治婷、王愿琦
校對｜Mandy HSIEH、潘治婷、王愿琦

法語錄音｜Christophe LEMIEUX-BOUDON、Anna SACILOTTO
錄音室｜采漾錄音製作有限公司
封面設計｜陳如琪・版型設計、內文排版｜陳如琪、余佳憓
美術插畫｜吳晨華

瑞蘭國際出版

董事長｜張暖彗・社長兼總編輯｜王愿琦
編輯部
副總編輯｜葉仲芸・主編｜潘治婷・主編｜林昀彤
設計部主任｜陳如琪
業務部
經理｜楊米琪・主任｜林湲洵・組長｜張毓庭

出版社｜瑞蘭國際有限公司・地址｜台北市大安區安和路一段104號7樓之1
電話｜(02)2700-4625・傳真｜(02)2700-4622・訂購專線｜(02)2700-4625
劃撥帳號｜19914152 瑞蘭國際有限公司
瑞蘭國際網路書城｜www.genki-japan.com.tw

法律顧問｜海灣國際法律事務所　呂錦峯律師

總經銷｜聯合發行股份有限公司・電話｜(02)2917-8022、2917-8042
傳真｜(02)2915-6275、2915-7212・印刷｜科億印刷股份有限公司
出版日期｜2024年04月初版1刷・定價｜520元・ISBN｜978-626-7274-95-8

◎ 版權所有・翻印必究
◎ 本書如有缺頁、破損、裝訂錯誤，請寄回本公司更換
 本書採用環保大豆油墨印製

瑞蘭國際